“深扎”文丛

DADI ZHI HUA

大地之华

萍子 著

河南大学出版社
HENAN UNIVERSITY PRESS
·郑州·

图书在版编目(CIP)数据

大地之华/萍子著.—郑州:河南大学出版社,2018.4
("深扎"文丛)
ISBN 978-7-5649-3317-3

Ⅰ.①大…　Ⅱ.①萍…　Ⅲ.①诗集—中国—当代
Ⅳ.①I227

中国版本图书馆 CIP 数据核字(2018)第 088136 号

总 策 划　侯若愚
责任编辑　侯若愚　时　娇
责任校对　任湘蕊
封面设计　侯一言
出版发行　河南大学出版社
地址:郑州市郑东新区商务外环中华大厦 2401 号　邮编:450046
电话:0371-86059701(营销部)　网址:www.hupress.com
印　　刷　河南瑞之光印刷股份有限公司
版　　次　2018 年 11 月第 1 版　**印　　次**　2018 年 11 月第 1 次印刷
开　　本　889mm×1194mm　1/32　**印　　张**　7.625
字　　数　212 千字　**定　　价**　43.00 元

目　录

卷一　凯风自南，吹彼棘心

卷二　关关雎鸠，在河之洲

卷三　桃之夭夭，灼灼其华

卷四　七月流火，九月授衣

卷五 青青子衿，悠悠我心

卷六 淑人君子，怀允不忘

卷一

凯风自南，吹彼棘心

四月的麦田

除了村庄和祖先的坟茔
麦田高于大地上的一切
它还在生长
伴着春风蜜汁般的笑声
当我不由自主扑下身子
绿色的饱含雨水的麦田
高过了天空

它明亮而又丰盈
美丽不可方物
在我的心海深情律动
一场谷雨之前的透雨之后
空气清澈晶莹
像刚刚被喜悦洗过的眼睛
我们这群幸运的农家孩子
重新回到田野
开心游荡
席地而坐
在母亲跟前
认下亲情

乡村闹铃

风在敲门
雨滴滴答答敲着窗棂
鸟雀在耳畔
不停地播放歌声
杨树林子此起彼伏
敲着起床铃

住在乡间
最东头
麦田旁边
一切都自自然然
醒得很早
睡懒觉绝对不可能

邻家的炊烟
起得稍晚一些
被雨淋得湿漉漉的
像一朵朵白云
擦着屋顶

布谷鸟婉转的叫声

布谷鸟婉转的叫声
在黎明第一次响起
妈妈
我伤感的泪水汹涌
这熟悉的声音
穿过我清晰的童年飞来
家园的桃花已落
青杏正愁人
麦田依稀泛着金黄
母亲啊，您是否白发又多

五月的麦田

花已落
麦子正聚集内心的力量
大平原静静守护
她最淳朴的孩子
深沉的喜悦
遮蔽大地的忧伤
噢,她是多么痛苦
又多么幸福
转眼间,青色的汁液
将在灼热的阳光下
展露黄金的品质
思想的锋芒
像不加掩饰的表白
注定收获疼痛与空茫
谁能经得起时光的追问
坦率的真实谁可担当
觉者,且勇猛前行
不要结果
只要为你醉这一场

麦　　子

不论离开家乡有多久
不管离开田野多么远
麦子
从来不曾以植物的形象
在我的意念中出现

麦子
母亲心中的头等大事
青黄不接这个苦涩成语的终结者
农民好日子的开头
我血脉相连的姐妹兄弟

隆冬时节，麦子们挤挤挨挨
站在田野里，脸儿冻得发紫
眼神却还是那样活泼调皮
就像我和伙伴们嘻嘻哈哈地笑着
在朝阳的墙根下挤暖

麦子，和土地厮守长达半年
小满过后，在布谷鸟的催促声中
回到家里，在母亲卧室的一角
那曾放置我睡床的地方
安静地住下来
开始农家最舒心的日子

麦子的醇香
来自阳光永不变质的气味
来自季风有节律的呼吸
来自大地河流清澈的源泉
来自母亲如雨的汗滴

来自
我永怀感念的心里

土　　地

石榴花红艳艳地开了
布谷鸟的歌声近了
你梦中的笑容灿若金星
在黎明的天空守望收成
母亲，我听见小麦灌浆的
声音，围绕你均匀的呼吸
轻柔而盛大地汹涌

挥汗如雨的日子如期来临
你吝惜每一片短暂的光阴
阳光迅速落进土里
在麦芒上溅起汗珠和灰尘
母亲疲倦的手臂围拢季节
在金黄的夜色中举起炊烟
镰刀闪动之间时光飞逝
来不及笑，也来不及叹息

从你俯身庄稼的姿势里
我读懂了土地咸涩的含义

耕　耘

不向往天堂
也不惧怕地狱
耕种的人只信赖土地

父亲一样叫人依恋的土地啊
给我们房屋
给我们粮食
给我们四季和新年的衣裳
给我们走向课堂的路
给我们四面八方的希冀
给我们沾满仁爱泪水的心
给我们结实挺拔的背脊

不是歌颂，更不能鄙弃
只是生命对生命的感激
太阳还是那个太阳
犁还是那张犁
父亲日出而作，日落而息
你能说他不懂生命的意义？

看太阳怎样和他血脉相连
看土地怎样珍藏他的脚窝
结出新的果实
你能说这不是最动人心魄的联系？

撒下一行种子
额上多一道皱纹
父亲啊
生长我们的沉默博大的土地

布谷鸟捎来了麦黄的讯息

昨天晚上
豌豆透熟叫得可欢了
中午
母亲高兴地对我说

麦子什么时候熟
布谷鸟最清楚
我嘴上应着
心里想,妈这次是肯定要回去了

母亲在农村生活了大半辈子
老了,该到城里的儿女家享享福了
她却一天也住不下去
整日皱着眉,沉着脸
闷闷不乐的样子
别人劝得多了
她就着急地说
在城里住着像坐监

常常,母亲站在挂历前查看
什么节气快到了
每天,母亲看电视天气预报
关心的总是气象对农民是否有利

“豌豆透熟！”
布谷鸟捎来了麦黄的讯息
母亲麻利地收拾起行装
小满那天
我们送她回去

母亲可真高兴啊
脸上带着笑
话也多了
走路也比平时添了底气

收割后的土地

麦子回到家里
它的根留在土里
拾穗的女孩弯下腰
不去擦脸上的汗水
有时刺破了手指

母亲！月光下的槐荫
你看我静静入眠
一边说着甜蜜的话
一边抱我回屋
在露水降临之前

阳光下的你
不回头看我
衣服贴在背上
你离我那么远

妈妈，我是你永远的孩子
在谁也不能更改的雨中
默默地站着
被你深深的忧虑
和关怀温暖

在城市的不眠之夜

我听见布谷鸟的叫声已很久
借暗淡的星光
遥望母亲久违的面容
直到有一天
在电话里听到故乡的消息

乡村，给我欢乐童年
和泪水的可亲的土地
离开你虽然已多年
可我赤足奔跑的脚印
我的根
在你宽阔的怀抱里

中　　秋

是中秋之夜
雨后的明月清辉四溢
站在斑驳的树影里
妈妈,我想念你

这千年相思的情绪
无可躲避地拂掠我
经风沐雨的脊背
此刻,我不堪一击

我是你倔强的孩子
孤独地走着不回头的路
我是你柔弱的女儿
却从不当着别人的面哭泣

想念你的时候
有止不住的泪雨
拜托月光
带去我的祝福和歌声

祝你健康！妈妈
我挺好,你要无忧无虑
在这首无字的绵长的歌里
我放进了全部的自己

母亲，我们的福祉

每天下班回到家
母亲都会说
饿了吧，肯定饿了
快吃点东西

吃饭的时候
母亲总是说
多吃点，再吃点
可别饿着呀

有时候，我不免责怪她
哎呀，妈妈，怎么会饿着呢
人家减肥还来不及呢

哦，我忘了
母亲小时候遭逢大饥荒
差一点儿被饿死
靠一碗稀米汤捡回一条命
却从此落下饿了就心慌的毛病
在她眼里，吃饭是天大的事
人是铁，饭是钢
是最真的理

前两年，把孙辈照看大了的母亲

执意要从城里回到农村去
母亲说,要说住
哪里也不如老家清静
现如今
还是当个老农民省心
吃穿不发愁
干啥都省力
割麦不用镰
耕种有机器
吃水不用挑
做饭有煤气
不再交公粮
还能领补贴
干了一辈子活儿
说啥我也得回去享享清福

母亲一回去
老宅院很快恢复了生机
鸡鸣狗叫,菜绿花红
人来人往,欢声笑语
我们兄弟姊妹
回乡的次数越来越勤
对母亲和村庄的依恋
常常在梦中
仿佛年少时

母亲啊,您在哪里
我们的家就在哪里
我们的根就在哪里
您的健康和幸福

是我们做儿女的
最大的心愿
最大的福气

母亲的芭蕉扇

母亲的芭蕉扇
摇了一个夏天

从早到晚
空闲的时候
母亲就摇起芭蕉扇
扇去暑热
扇去蚊虫
扇去劳累
扇去忧烦
我的梦中阵阵清凉
站在家门口的石臼上
自由自在飞上了天

母亲的芭蕉扇
轻轻地摇了一个夏天
摇来了秋风秋雨
摇来了红薯玉米的甘甜
摇来了苹果梨子的馨香
摇来了丰收喜悦满家园

母亲的芭蕉扇已经很旧了
我珍藏着它
珍藏起一个又一个星夜
一个又一个童年的梦幻

和母亲一起走走

母亲
我喜欢你走路飞快的样子
你风一样轻盈的步履
让我的心无比欢喜
哦，那时
你红润的脸庞
挺拔的身姿
你的黑头发白衬衣
让我的童年干净而美好
跟在你身边奔跑的日子
是一生中最难忘的记忆

何时，你的脚步慢了下来
脊背也不再那么挺直
我有多久没和你一起散步
拉着你温暖的手
享受甜蜜的气息

母亲啊，秋天来了
紫葡萄一串串垂下来
谷穗和向日葵垂下来
金色的阳光垂下来
所有丰饶和美丽
都模仿你谦逊的身姿

就连风也垂下来
轻轻贴着你的手臂

那是我充满爱意的手掌啊
母亲，我要和你一起
走很远的路
看山看水，看天看地
看那个孩子和她的母亲
如何快乐地奔跑游戏

苏 醒

沿着从田野延伸过来的道路
我从城市的楼群
走向麦田清爽的风
我的双颊泛起桃红

梧桐树还没发芽
迎客松暗暗地绿着
被季节的碎屑尘封
而远处的田埂路边
荠菜的清香日日茁长
蒲公英已从梦中苏醒
村庄一点点鲜润起来
梨花和杏花过后
苹果花会满园地开啊

二月氤氲拂面的黄昏
沿着通往田野的路走
我的心啊
快乐地飞进三月的花丛

方　　向

沿着桃花指引的方向
我回到童年的故乡
在梨树上唱歌
在打麦场欢跳
对着云彩出神
在月光下疯跑
那双骄傲的红皮鞋
总也跟不上我飞奔的光脚

沿着星光指引的方向
我回到灵魂的故乡
在喧闹的银河边漫步
看金星从黄昏忙到天亮
月亮走,我也走
北斗星站在老地方
绿色的水星
映着我忧伤的眼眸
噢! 水星,美丽的星辰
有谁这样深沉地爱你,像我一样?

雨

一场雨
不期而至
就像一场他乡的相逢

燕子识途
迎迓的目光透着惊喜
故园的炊烟
有别样醇厚的味道
坦坦荡荡的风从旷野吹来
母亲啊
正一遍遍呼唤谁的乳名

一场他乡的相逢
是温暖的雨
滴滴落在游子心中

家乡的小路
是永远张着的臂膀
风尘仆仆的人
渐行渐远
又愈来愈近
母亲啊
守护着浪游者的每一段行程

盛夏的雨珠
激起熟悉的泥土芳香
在你走过的路边
有人举手加额
有人深深俯首
将两眼热泪
洒在深夜的衣袖上

回　家

不管身在何方
不论家在何地
回家，永远是
天下游子过年的目的

腊月
是数着日子过的
腊八，祭灶
年下来到
回家的脚步
很快，很急

家
是母亲升起炊烟的方向
是父亲堆起柴草的方向
是奶奶唱响歌谣的方向
是祖宗亮出牌位的方向

家啊
是存放玻璃球和弹弓的地方
是推起铁环转动风车的地方
是炫耀新衣和荣光的地方
是改用方言土语和小名的地方

即使年三十儿傍晚
才回到家里
隔着大红春联
热热地叫一声
——爹，娘
这一年的劳累、委屈
都是值得的
这一路的奔波、思念
都得到了慰藉
这一刻啊
一定是人生中最甜蜜的回忆

母　亲　河

小时候
母亲是村头那条窄窄的河
清凌凌的水泛着柔波
给我洗衣、洗澡、洗头发
给我小麦、玉米、蔬菜、水果
给我春草的软，夏季清凉的薄荷
给我冬的静谧，秋的丰硕
给我温柔的拥抱
开心的游戏
神奇的传说……
年年，月月
默默地守护——
我亲爱的母亲河
永远伴着家乡的土地
从来不曾挪动脚窝

长大后
我离开了家乡的小河
走向青春梦的辽阔
以书为伴
渴望找到新的生活
追寻爱，追寻友谊
追寻理想，追寻收获……
追逐的脚步越走越远

直到有一天
突然感到疲惫失落
猛回首
望见母亲风中的身影
那样孤独，那样衰老，那样落寞

母亲啊！母亲河
你以血肉之躯哺育了我
你无私的爱
是大地支撑我
是阳光温暖我
是和风抚慰我
是甘露滋养我
离开你，我又怎能找到
所谓理想的生活

我应该是清泉，是雨水
增加你的深度和广阔
我应该是鲜花，是绿荫
绚丽你生命的色泽
让我爱的泉水滋润你吧
亲爱的母亲
让我为你洗衣、洗澡、洗头发
给你面包、牛奶、蔬菜、水果
给你四季的安心，舒适的生活
给你温柔的拥抱，无忧无虑的欢乐
让我像你爱我那样爱你吧
母亲啊——我亲爱的母亲河！

守望乡村

当越来越多的农民走向都市
当越来越多的村庄走向城镇
我选择留下来
和祖祖辈辈的灵魂一起
守望乡村

这是山环水绕、草木丰美的乡村
这是鸡犬相闻、夜不闭户的乡村
这是采菊东篱下悠然见南山的乡村
这是漫漫旅途中游子魂牵梦萦的乡村
这是爷爷奶奶一遍遍讲述的乡村
这是诗词歌赋中低吟浅唱的乡村
这是有多少理由离开
就有多少理由留下来的乡村
我的乡村
不论历史怎样修改、遗忘它
千百年如如不动
莲花般一尘不染
始终怀抱一颗初心

不要让大山的险阻
闭塞你的胸襟
像黄河那样奔流入海
像驿道那样走向远方吧

——殷殷叮咛的
是那位名叫愚公的老人

百折不回，拓路前行
我们是愚公精神的传人
新世纪的今天
乡村道路四通八达
互联网的高速路
让我们可以向世界任何地方飞奔
然而，我们筑路
不是为了出走
而是为了回归
为了守护
守护正在消失的乡村

我的乡村
可以没有油灯
不能没有明月照临
可以没有炊烟
不能没有慈母唤儿的声音
可以没有汗滴禾下土的辛劳
不能没有田间地头舒心的歌吟
可以没有家书抵万金的等待
不能没有儿童的游戏、老人的安详
不能没有围炉话桑麻的温馨

所以我选择留下来
和绿水青山一起
和庄稼蔬菜一起
和孤独的老人一起

和弱小的孩子一起
守望乡村

我请回了外出打工的
姑娘小伙、大哥大嫂们
一起建设家园，守望乡村
我请来城里人采摘草莓、樱桃
一起欣赏田园、品味乡村
我请来外地的能人、企业家
投资办厂，兴办产业
一起发展新济源，描绘新农村
我请来水电气暖、住宅小区
请来医院、学校、幼儿园、养老院
请来便民中心、文化广场、商业大街
我把城市请到了乡村
并邀请全市农民光临
你看，山那边的蜜蜂也循着花香飞来
和我们一起，酿造说不尽的甜蜜和欢欣

像热爱母亲一样
我爱着这片土地
爱着美丽的乡村
我是生机勃勃的原野
我是奔腾不息的河流
我是郁郁苍苍的森林
我们是愚公的后代
祖祖辈辈，不离不弃
守望幸福，守望乡村

（为济源市承留镇新型城镇化建设而作）

一 斗 水

一斗水是位于河南省修武县西北部太行之巅的一个小山村，因村北有泉如斗、常年涌流而得名。

——题记

曾几何时，云台深处
一条叫作白径或清口的商旅古道
在一口泉水边久久流连
人再渴，一斗水足矣
水再甜，一瓢饮足矣
只是你的青山看不够
你的鸟鸣听不够
你的花香闻不够
不如就此停下脚步
以山为家，与水为伴

时光荏苒，今我来也
七百年的老柳树
和九十多岁的老爹腰一样弯
一百六十多年的李家大院、贾家大院
石头老屋住满游客，生机盎然
二百多年的核桃树
高大挺拔，果实累累
和它同龄的关帝庙香火重燃
雕梁画栋、断壁残垣

勾勒着昔日的繁华壮观

山中日月长，时光晚
夏至将至，文胜家的桃和杏还是青的
梨子、葡萄、山楂当然也是青的
梯田上整齐的禾苗
玉米、谷子、火麻
绿得像是春天
沿古道在拂面擦肩的绿中行走
绿深绿浅都清凉养眼
夜晚或是清晨
山外来客会以为到了秋天

一斗水
我们穿过十八个山洞来到你跟前
仿佛穿过漫长的岁月回到童年
金黄的玉米粥是家乡的味道
香香的葱油饼是母亲的味道
那个快乐奔跑的农家孩子就是往昔的我
你的现在就是我的从前
我要回去，我要回去
回到母亲身边
回到心灵的家园

孔竹林

孔竹林是河南信阳罗山一个山村的名字，产好茶。

——题记

孔竹林的风先是被稻田过滤
田埂上闪动着白鹤的仙翅
羊奶头树站在村口多少年了
稠密的叶子把路过的风仔细梳理
再走三步是洗脂河
清浅的河水，塌陷的桥面
已承受不起钢铁的步履
高大的河柳被迫倒下，为一座新桥让路
大片的一年蓬、灌木丛、树林子
制造最好闻的空气清新剂
现在开始穿过左右望不到边的竹林
小路的长度足够做七次深呼吸
再做七个深呼吸
看到人家了！孔竹林村
用茶树篱笆、蜀葵、萱草、丝瓜花的队列
打起美丽的彩旗
指甲草、百日菊，孩童一样站在墙边
杂木柴垛和箩筐中的板栗壳、板栗花
预示着炊烟的品质。我欢呼起来
这时，茶叶加工厂扑面而来浓郁的香气
屋中院里围桌而坐的中老年妇女

认真挑拣干茶中的茶梗、黄片
赚取论斤计酬的微薄工资
孔叔坐下，泡一壶自制的乌龙茶
再泡一壶红茶
汤色金黄，红亮
杯底有沁心的香
这是信阳茶新时代的创举
一声呼唤，饭菜的香味
明亮的星辰，未来的希望
在豫南一座农家小院次第升起

母亲的花园

我家的院子
是母亲的花园
蜂飞蝶舞
花枝纷披
百年堂屋古朴沉静
青砖灰瓦,阳光满地

母亲整天忙忙碌碌
她瘦小的身躯
像一张弓总是绷着
她柔弱的身体
即使累得虚脱
也要和庄稼倒在一起

我家的庭院
全靠母亲打理
窗明几净,安静祥和
花木茂盛,充满生机
蜡梅的香气刚刚落进土里
玉兰花开,杏花、桃花、梨花
喜气洋洋缀满枝
油菜花熏透衣衫
泡桐花、洋槐花甜到心里
月季花、小桃红、鸡冠花、太阳菊

层层叠叠开满整个夏天
桂花天香馥郁
葡萄一串串
大枣、梨子压弯枝
石榴、柿子红了皮

满园的果子熟了
母亲舍不得品尝
一天看五回，数三遍
只等着子女孙辈们回来
或者摘下来送给邻居
五颜六色的菊花开了
像一群热闹可爱的孩子
母亲站在阳光下细细观赏
激动地打电话给远方的女儿
菊花开了，满院子都是香气
回来晚了看不到就太可惜
母亲啊！你孤独地站在
菊香的包围中
思念远方的游子
这样的情景
怎不让我泪流满面
羞愧无语

我家的院子是母亲的花园
是我们兄弟姊妹的乐园
珍藏着母亲的青春梦想和希望
珍藏着我们最温馨最甜蜜的记忆
我亲爱的母亲
心地仁厚，光明普照

菩萨一样慈悲无私
这一世,只要有母亲在
我们就是无忧无虑的孩子
我们就有了终生的依靠和福祉
母亲的花园啊
年年岁岁,岁岁年年
风调雨顺,花开四季

献　诗

请收下这些诗篇吧
我从清晨的花园采来的蔷薇
我在午后的禅堂新沏的清茶
我在黄昏的岸边拨响的六弦琴
我从深夜的星空听到的童话

请接受这些诗歌吧
我从春天的果树下捧回的落英
我从夏季的田埂边捡起的麦穗
我在秋天的山坳里涂抹的写意
我在飞舞的雪花中看见的梦境

请收下这些诗篇吧，妈妈
如果您由于喜爱而微笑
如果您由于感动而落泪
如果您在婉转的鸟鸣声中醒来
请愉快地开始新的一天

请听啊，母亲
我为您写的第一行诗
就在黄鹂那滴翠的歌唱中

卷二

关关雎鸠，在河之洲

血　脉

——致黄河

天上的星星落下来
就成了海
这蓝色的火焰闪烁在
各姿各雅银白的夜晚
日出的寒光，瞬息间
熄灭了它微弱的锋芒
慈目微启，是谁在山顶
向我们凝视
这圣洁的目光
漫过一页页金黄的经卷
直抵尘世脆弱的胸膛

一面巨大的鼓是如何响起
我们已无从知晓
红艳艳的山丹丹就这样盛开了
黄土地上流过的是谁的血
山沟沟里淌着的是谁的眼泪
峁上飞过的是谁的歌
日头下扬着的是谁的笑脸

那一盘石磨转了多少辈
那一串红辣椒晒了多少年
那一场爱情碎了多少心

那一声呐喊醉了几架山
你的皱纹里有我的故事
我的叹息里有你的悲欢

柿子红了,红在秋天
山桃花笑了,笑在春天
有一种感激说不出口
就像甘霖初降时
草和树都默默无言
你巨大的根覆盖我们
使我们不得不长青青的叶
开五彩的花,结硕壮的果
深谷里有不灭的阳光
峭壁上有倔强的种子
生生死死,和你相依恋

栀子花开在山坡上
它的香气在空中飞翔
泥土中跋涉的河流啊
你的梦想在白云间飘荡

我听见天使缈缈的歌声
百灵的轻翅闪烁光芒
黑夜里的星辰,泪中的笑
尘嚣之上超凡脱俗的面庞
你涉过荆棘,到达火焰
古老的岩石为激情熔化并辉煌

太阳升起的地方是你的家
黄土地尽头是一片蔚蓝

几千年的血脉流了万里
万里血脉流了几千年
平步畅想处
大野风光无限
沧桑阅尽
往事不需回首
你沉稳的呼吸穿越泥土和泡沫
直抵日思夜想的家园

大　地

这是我热爱的中原大地
冬眠的时候
就像一个安静的孩子
闭上清澈活泼的眼
纯洁的脸上没有一丝忧郁
呼吸那么轻那么柔
嘘——
你看它闪闪的梦的双翅

草儿一点点地绿了
林中的小鸟唱起快乐的歌谣
跑得急的小花朵
在暖暖的阳光下红了面庞

一枚青青的果子藏在绿叶间
是谁仰着头在等待
月光中的嬉戏
池塘里的笑声
乡路松软的尘土上
赤足奔跑的身影

金黄色一抹抹渲染开来
一扇窗户就是一片风景
果实们坚定有力的脚步

淹没了落叶的叹息声

霜降之后
冬就一天天近了
睡眠悄悄蒙上大地的眼睛……

是我热爱的中原大地
它做起雪之梦时
来年一定有好收成

中　　原

当蓝色的星球从混沌中浮现
一条无羁的大河在这里流连
它粗犷的气息里响着陶罐低沉的歌声
象,洁白的巨齿闪耀光明
一场雪,来自谁的手掌
覆盖了那些金色的花朵
刻在竹简上的祖先的荣光
象,摇一摇高贵的头颅
抖落命运的重负,走向远方
留给后人一个关于丛林的传说
和沧海桑田的畅想

我们曾经辉煌
我们的名字还将被四处传扬
钢铁、齿轮和音乐
铺展开明亮的通衢
听啊,青春的脚步多么铿锵
中原,大象生长过的地方
有蕴藉的热情和蓬勃的力量
有生生不息的智慧的河床
甩甩清新的发
不留一丝惆怅
站在家园或走出去
脸上都有灿烂的霞光

济水之春

“济水出王屋，其源来不穷。”
济水，依旧鲜活在唐诗中，
就像她依然在太乙池奔涌，
依然在珍珠泉荡漾，
依然在济渎庙供奉，
谁又能说济水已经不在了呢？
柳丝金黄的时候，
我来到王屋山下看望济水，
神秘的济水，
是这样以春天的模样呈现出来——

这美丽的河流，
在她的出生地，
以龙池、垂柳、蒲公英的姿态，
青葱地呈现出来；
这典籍中的河流，
穿过千年风烟，
以汉柏、明碑、宋石勾栏的姿态，
优雅地呈现出来；
这神奇的河流，
在谷雨时分，
以润物细无声的姿态，
将一派春色轻轻渲染……

济水之源，清且涟兮！
百步之外，
这传说中的河流，
以楼宇、大道、花园的姿态，
真实地呈现出来。
济水之源，深且广兮！
千里之外，
这清名远扬的河流，
以济南、济宁、小清河的姿态，
谦逊地呈现出来。
济水之源，仁且厚兮！
沃野之间，
这母性的河流，
以麦田、树木、劳动者的姿态，
生动地呈现出来！
济水之源，通且达兮！
人心之中，
这圣洁的河流，
以至清至善、坚忍不拔的姿态，
壮丽地呈现出来……

"惟独是清济，万古同悠悠。"
济水，依旧奔流在梦想中，
就像王屋山依然高耸入云，
就像老愚公依然挺立风中，
就像济水之源依然鲜花盛开。
济水，这名扬天下的河流，
浩浩汤汤，悠悠万载，
流过肥沃的土地，
感恩的庄稼、蔬菜，

流过祭祀的大典，
热情的歌咏，虔诚的跪拜，
流过历史深刻的记忆，
直到如今，
仍然流淌在人们的心怀！
济水，永恒的河流，
在这生机勃勃的新世纪的春天，
我分明看到，
你清澈的目光里，
多了几许惊喜，几许晶莹，
几许活力，几许神采……

济水，美丽的济水，
像传说中那样激情奔流吧！
在玉川大地，
在活力中原，
在神州沃野，
在我们满怀希望的心中，
永不停息地奔流、奔流——
这是我们衷心的祝福，
这是我们真诚的期待！

泪水与甘泉

——写给郑州黄河湿地

一走进郑州黄河湿地
我就找回了自己
那个沉睡于童年岸边
无忧无虑的孩子
香蒲，芦花
总是和人隔着一只船的距离
天鹅，灰鹤
依然与地隔着一阵风的距离
如果骑上大雁的翅膀
会飞到哪里呢
长满青麻的塘坳
是不是小泥人的出生地
在葛巴草、车前子的绒毯上
我宁愿忘怀所有知识

苦难在这里久久沉积
仿佛母亲未干的泪滴
苦苦菜、刺角芽下锅的日子
抬头可见，我垂下眼
不忍直视曾经的真实

文明在这里诞生发育
历史在这里层层堆积

河床耸立
高过田野、村庄、屋脊
在中原纤细的神经上
时时触痛人们的心事

所幸，有湿地之陈酿可以解忧
有湿地之清泉可以解渴
可以滋养、净化
可以调适、依止
深邃、广阔而母性的爱
一如温柔慈悲的泪水
一如纯净无染的甘醴
护佑万物苍生
吐纳天地灵气

流泪并且欢笑吧
你看，野大豆和三春柳还在那里
东方白鹳和灰头麦鸡还在那里
母亲的爱还在那里
孩童的笑还在那里
大河汤汤
荻花茫茫
水草丰美
百鸟翔集
一幅锦绣
绵延三百里
如梦如幻
摇曳多姿
不，那不是梦
那是一汪爱的泪水

那是一股爱的甘泉
那分明是
我们不曾失落的记忆

四月,走在济源承留镇

四月,走在济源承留镇
花香沾满了我的衣襟
最亲切香甜的气息
来自南山十万亩槐林
满目青翠,白玉花开
每一口深呼吸都要醉上一回
每一个洁净的花瓣都那么喜人
感恩,慈悲的花朵
曾经滋养过多少生命
赞叹,无私的花朵
至今仍丰富着人们的餐桌
净化着我们的身心
乡村,是槐花喂大的孩子
骨子里永远透着素朴的甘醇
最独特的香味
来自蔬菜制种基地的花心
蜜蜂善解人意,花儿一样稠密
在甘蓝花间奔忙,授粉
路旁高大的楸树
红花满枝,为土地撑起一片祥云
最持久的香
来自森林瞭望台的清芬
高高的塔台像一簇花蕊
在重峦叠嶂的花瓣之中

耸立于一望无际的山林
听风歌唱
看鸟起舞
赏飞霞流云
啊！一览众山
何等寥廓
何等洒脱
何等超群
就来做一个忠实的瞭望员吧
每天守护这恢宏的风景
把每一丛绿色细细清点
把每一缕花香仔细辨认
把每一声鸟语认真记取
把每一滴感动嵌入内心……

四月，走在济源承留镇
花香沾满了我的衣襟
当花季过去
这一段香在我心里
沉淀，升腾
最终酿成了蜜
酿成了诗
酿成了荡气回肠的音韵
酿成了一个
香气四溢的
永恒的
春

豫西大峡谷（五首）

幽 篁 居

竹林幽暗
悄悄发出一声叹息

太阳也会疲倦的
每天都要到山里休息
母亲也已经不能劳作
终于不得不离开家园
长期住在儿女家
偶尔住在医院里

可以居有竹吗
真正住在诗歌里
有幸在峡谷消夏三日
一遍遍地想
如果母亲能够在林中打盹儿
那才是我真正想要的诗意

山 岚

清晨，蓝色的山岚
从绿色的林梢升起

似一幅轻纱
披在伏牛山肩头
笼在大峡谷腰间

鸟鸣，虫静
蝶还在沉睡
小溪流潺潺
山岚轻轻奉上
各种草木的香
诸峰静立，悠然入禅

不可说，不可说
山岚共碧空一色
吾心与青山意会
久久，久久
无言

大峡谷之夜

夜是属于草木
和昆虫的
除了星月
夜不属于任何人

别莽撞探险
啸叫，贴近
哪怕你有满腔热忱

连河流都静了下来

所有的欢乐、愤怒
骚动、眼泪
在唧唧虫鸣中悉皆消隐

大峡谷的夜
是庄严而真实的
每一个游子
都能找到一颗初心

大峡谷之晨

一串鸟鸣
抖落夜的梦呓
一束阳光
点亮山河大地
八百里伏牛
此刻，这一段锦绣属于我
青藤居畔
此时，这一份恬静属于你

忘掉一切烦恼
树木花草皆我师
面西合掌
观自在菩萨
行深般若波罗蜜多时
莲花绽放
晴空如洗

要放下所有执着

山谷一样包容大气
喜悦是菩萨
烦恼即菩提

大峡谷漂流

在此之前
我们已徒步将过程浏览
看漂流的人们在水中表演
一登上皮艇
最矜持的人也即刻进入角色
孩子般开心,壮士般勇敢

挥桨,泼水
尖叫,狂喊
每一段激流都有无数快乐的漩涡
每一挂瀑布都张扬着飞翔的快感
飞龙洞体验鲤鱼跃龙门的豪迈酣畅
暗河穿越柳暗花明好一个刺激惊险

六公里
两岸青山含笑守护
横冲直撞尽情狂欢
漂流,漂流
一场有惊无险的游戏
一次肆无忌惮的冒险
一段返璞归真的旅程
一番激情四射的体验

水在流，起伏跌宕
船在漂，腾挪宛转
人在一次次落差中
或哭或笑
或梦或醒
半天，仿佛多年

金兰湖(三首)

夜宿湖畔

从午后走到深夜
就走进了金兰山
蛙鼓虫鸣
香气四溢
软风如缎
抚过鸟儿的梦呓

山顶一轮明月
惊起
斗指东方
疏星几许
青山枕湖而眠
梦见他的画,我的诗

鱼儿梦见了什么
一次次,从湖面跃起

清晨,在湖边漫步

清晨,在湖边漫步
鸟飞,鸟鸣

山绿，山青
更加青绿的是水中的倒影

猛然一个趔趄——
浓郁的花香扑进怀中
哦，所有的花都在盛开
紫槐花，香樟花，蒲公英
白色的野玫瑰在枝头蔓延
松树蓬勃的新蕊傲立亭亭
所有的生命都在怒放
拔节，翠竹直上云霄
我欢喜的目光
随闪亮的羽翼飞上晴空

湖中倒影

无须抬头看山
山在湖中——
绿得干净，绿得安宁
树更翠，草更青
石更纯，花更浓

无须抬头望天
天在水中——
绿得深邃，绿得晶莹
云更白，霞更红
星更亮，月更明

金兰湖啊，是绿色的

翠绿的金兰湖
永远映在我的心中

注：金兰湖位于河南省新县金兰山。

鹳河漂流

我已经忘记了一切烦恼
将所有行李留在了岸边
赤足登上一叶扁舟
开始返回童年的旅程

两岸青山
像父亲的身板将风雨隔绝
这养育我兄弟的母亲河
目光依然这样清澈
胸膛依然这样温柔

姊妹们痛快地打起了水仗
奔放的声浪一遍遍把衣服泼湿
久久地凝望天空
灵魂又一次出走
在这开满喜悦的净地

我们为着友爱而来
在奔腾不息的河流里
洗干净了身体和灵魂
带着满心的幸福归去

青 萝 河

在济源市大峪镇，有一条美丽而鲜为人知的河流——青萝河。

——题记

不仅仅有青萝
这条隐居的河流
被各种叫不上名的
花草树木包裹
像是襁褓中的婴儿
安详，水嫩，天真
清亮的眸子明澈如初
映着两岸碧绿的山、雪白的瀑
茂密的菖蒲、芦苇、野蒿
红的黄的紫的花朵
噢，杜鹃的叫声有多动听
眼前的美景就有多么醉人心魄

荆花的香溢满河谷
涨满每一位旅行者的心房
他们一个个变成快乐的蜜蜂
这儿停一停，那儿嗅一嗅
微笑，大笑，疯笑
低声感叹或大声唱歌
每个人的嘴上都抹了蜜

说好听的话，唱赞美的歌
每一颗心都软了下来
软成了流水、花瓣、玉米缨子
和山顶上初生的云朵

直到在深深的暮色里遇见东沟村
遇见带着阳光体温的石墙
一位老者亲热的招呼
和他家门前千年的皂角树
方明白，青萝河
世世代代，日日夜夜
就是这样依着爱的心田
欢快地流着，流着……

济 源 颂

轻轻地,我说:
济源!
我是在念诵一部经典,
一部开篇于一万年前的经典。

济源有两座城:
一座位于夏——
中国最古老的王朝,
作为首都,它的名字叫原;
一座位于两千六百年前,
它的名字叫轵,
历经战国、秦汉,
它骄傲的头上戴着富庶的桂冠。

济源有两座山:
太行山,王屋山。
峥嵘巍峨,深邃幽静,
超凡脱俗,立地顶天。
大山的怀抱里住着愚公,
住着卢仝,住着荆浩,
住着勤劳智慧的人民,
住着天上人间的神仙。
这是两座虚怀若谷的山,
曾经为一位老人的梦想让步;

这是两座神圣慈悲的山，
千百年来，悉心守护着
一方清净，一方平安。

济源有两条河：
济水，
清流澮澮，
百折入海，
至今仍在典籍中波涌浪翻。
黄河，
在这里铺展开百里锦绣，
高峡平湖，碧波荡漾，大河安澜，
江南风光，三峡秀色，尽现眼前。
山连着水，水连着天，
好一幅如诗如歌的壮丽画卷！

轻轻地，我说：
济源！
我是在说小浪底、五龙口、黄河三峡，
我是在说济渎庙、九里沟、玉阳山，
我是在说太行猕猴、千年银杏，
我是在说城乡一体化建设、产业集聚区发展，
我是在说栎树、松柏、国槐、紫薇、小麦、棉花，
我是在说豫光金铅、济源钢铁、万洋冶炼……

当我说，济源！
我是在说美丽、和谐、幸福
这些最动人的词汇，
我是在说文明、进步、活力
这些最悦耳的字眼；

当我说，济源！
历史在侧耳倾听，
高山长河喜笑开颜，
大地在默默祝福，
远方的人们也啧啧赞叹！

济源，
当它被一条东流入海的
神奇的河流命名，
它就拥有了大海的血脉，
大海的气质，大海的胸襟，
它就拥有了永不枯竭的动力源泉。

轻轻地，我说：
济源！
你这被上天宠爱的孩子，
将永远被大地母亲呵护，
被时光之河恩典。

深情地，我说：
祝福你，济源！

嵩门待月

门
早已经打开
那一轮明月
会如期来临吗

等待
是一幅世代相传的山水
是一抹会心的微笑
是一缕透彻云天的乐音
是一场悠然千载的清梦

一千九百多年前的那个夜晚
一位中国皇帝做了一个金色的梦
由此，两位西域高僧远道而来
万古嵩岳
响起新鲜的梵唱
晨钟暮鼓
四海扬名

月出于东山之上
月出于嵩门之中
银辉洒地
山色空明
溪流参禅

银杏入定
有人寂然面壁
有人伫立雪中

唔，这难得的缘
难见的景
不可说
不可求
不可错过
多少人
守候多少年
佳期如梦
如幻
又有几人
能把心擦拭得净如明镜

今夜
且留下来
不忍归
不思归
不须归
燃一炷心香
面东而坐
面南而坐
面西而坐
月已临
心无尘埃
只有无边的喜悦
映着色
映着空

重阳节与诗友访函谷关

到豫西大峡谷来看秋色
满山却蓬勃着春的温暖
天蓝，云淡，山青
瀑布跌宕，溪流潺潺
大枣已收藏起夏日的火热
寺河山的苹果秀色可餐
过了一个叫秋凉河的村子
东汉村的野菊花染香了美人的衣衫

看紫气东来
青牛的蹄音隐约可闻
大道通天，函谷关
挽留住一部五千言经典
噢，那时
是一个怎样的季节
那位双耳垂肩的智者
有着怎样的容颜
我能再次遇见你吗
在重阳时节
在这样一个美好的秋天
我会遇见你！对你说
先生，请留下来
我们还需要一首诗
抚慰心中的焦虑
和身边的苦难

青山绿水

山
不需要虚浮的名气
有水则绿
水
不需要飘渺的神灵
有山则青

这青山绿水
这绿水青山
相依相偎
相映相生
绿得那样和谐
青得那样深情

我疲倦的目光
被这蓬勃的生命汁液
深深浸染
一次又一次
变得秋水般清澈
水晶一样透明

与友人登嵩山万岁峰

沿马蹄沟
松软的驴道攀援
与擦肩而过的荆梢握手
偶尔驻足
在黄栌身边

采石苇的人
贴在绝壁上
洪亮的声音丢下来
像结实的绳子
让仰望者心安

翻过积雪的北坡
和正午的太阳打个照面
南向的山体瀑布般跌宕
巨石赫赫
裸露着几十亿年的沧桑

万岁
驴友对着高山呼喊
风遁形
山无言

注：驴道，指驴友登山的小道。

少室晴雪

我看见梦境在蓝天下呈现
洁白的宣纸在山坡上铺展
浅黄色的巨石温暖轻盈
杂树成林,墨色未干

鹰总是在飞
喜鹊总在树上
我想轻轻地
把自己放在雪上

笑声总是那么爽朗
雪的脆响
深深的脚窝
呼吸酣畅

我看见你的微笑
山之大美
无言

夜晚，在孤山峡漫步

三位诗人都喜欢走路
每天在同一座城市
不同的街道穿行
4 月 18 日晚上
在孤山峡一起散步
是可遇而不可求的事情

云幕低垂
遮住了月亮和星星
逢石湖在公路下方
敛起翅膀，透明的黑
隔绝了所有喧响
这条从城市延伸而来的道路
此刻的高度，超乎想象

新朝惊奇——
这么静！像是在梦中
万鹏感叹——
好静啊！就像在天堂
我悄声说——
真的是梦！我们的的确确是在天上

任凭怎样侧耳谛听
梦中人也没有将自己和彼此唤醒

在 腾 冲

掠过云层
飞临彩云之南
看见狮子山的雪峰
把红土地点燃
看见母亲的金像
将高黎贡山点燃
看见热海之泉
把湛蓝的天空点燃
看见红色的茶花
将重重绿色点燃
看见明净的阳光
把心跳点燃

怀念高原

我也在高原飘荡
灵魂是透明的
藏起了自己的行踪
远远地坐着
什么也不想

这已足够
在白云近处
感到安心舒畅
不为任何目的而来
就在此刻，我抛弃了一切
肉体，语言，思想
要用全新的词汇写一首诗
或者，赤裸裸地
把自己摆在天葬台上
请慈悲的秃鹫把我的罪孽清洗干净吧
解脱的心灵在雪山之巅自由飞翔

可是，忧伤再一次拖累了躯体
我再次坠落，失意而彷徨

温　泉

是内心深处涌现的柔情
母亲般怀抱疲倦的孩子
让僵硬与疼痛松弛下来
让寒冷与隔膜瞬间消失
让躯体与星光坦然面对
心无杂念,静若处子
哦,你这深切悲悯之流水
将老病丑陋者与青春美貌者一视同仁
仿佛他们从未沾染过尘世的污泥

蓦然想起远方
时间的那端
大雪纷飞
莲花满池

仲夏，在范县赏荷

一万亩荷花竞相开放
已足够让人惊艳
据说，还有四万亩铺向天边
五万亩荷塘开着红莲、白莲、粉莲
五万亩荷花绣在黄河绿野衣襟
扮靓千年古县、豫北江南

静立水边
看鱼戏叶底，白鹭翩翩
穿行田埂
享醉人花香，清风扑面
泛舟水上
听采莲小曲，笑语连连
荷叶田田，一尘不染
荷花亭亭，凌波若仙
人生至此
能不畅怀，歌咏赞叹

万 佛 山

万佛山丹霞地貌区位于湖南怀化市通道侗族自治县境内,是全国最大的丹霞峰林地貌之一。

——题记

我们到来之前
山路已经被春雨洗过三遍
森林　溪流　云雾也洗了三遍
蛙鸣新鲜得一时未能相认
中华水韭沉浸在第亿万个春天
杜鹃红润　桐花亮白
每一丝空气都清新柔软
莫名的香　来自
高高低低几千种植物
啊　我怎敢贪享
这天上才有的甘甜
用心把异香举过额头
向诸佛菩萨虔诚奉献

据说　万佛都在最高处
路并不远　有心皆可抵达
拾级而上　遇见
红豆杉　沉水樟　观音座莲
遇见天生桥　仙人居　古栈道
青苔　新柳　古寺遗留的千年老砖

雨丝无声飘落　云雾升起
它们要把明山秀水再擦拭一遍
到达金顶的时候
淋湿了头发衣衫
所有的思绪也洗过了
变得喜悦透明而又简单
来一阵清风吧
我想看看佛的容颜
这个念头刚一掠过
云开雾散　峰林尽显
好一个万座丹峰拥翠环
好一幅江山万里丹青卷
我久久合十　感念
遇到的每一个人
每一棵树　每一朵花
每一滴雨露
感念万佛
青山

侗族鼓楼

鼓楼是侗寨的标志,是侗家人议事和集会的地方。湘西南通道侗族自治县芋头侗寨保存了四座鼓楼,芦笙楼位于古寨中心。

——题记

九层高的芦笙楼是烟火熏出来的
木炭般的黑瓦镶着白云似的花边
老祖母一天到晚在火塘边坐着
笑微微的　什么也不说

阿妈们忙着织布绣花
穿新衣的孩子蝴蝶一样飞过
芦笙吹起来了
琵琶弹起来了
木叶响起来了
盛装的姑娘小伙
跳起了舞　唱起了歌

当乐器退场
歌手们庄重地摆好姿势
侗族大歌就要开始
布谷　布谷　布谷
布谷鸟儿声声唱
布谷布谷快播种……

一股清泉流过所有人的心田
所有的庄稼也接受了歌声的抚摸
布谷　布谷　布谷
谁听得懂布谷鸟的语言
谁就能听懂侗家人的歌
饭养身　歌养心
侗家有吃不尽的合拢宴
侗乡有唱不完的养心歌

老祖母开心地笑着
温暖的大手和我紧紧相握
想问一问当年行歌坐夜的事
又不忍打破这春昼的静默
噢　老祖母
亲爱的老祖母
刚刚九十八岁
不着急回忆往事
好日子还有很多很多

风 雨 桥

风雨桥是侗族独有的桥，又称花桥、福桥。

——题记

杏花开　桃花开
我必须在桥边停下来
青山青　白云白
我必须在桥头停下来
姑娘美　小伙帅
我必须在桥上坐下来
风吹来　雨打来
风雨桥上春常在

清明时节
在通道侗乡
我肩挑犁铧从田埂走过
我身着盛装从乡路走过
我背着行囊在江边走着
我手捧鲜花从山间走过
我的心里无忧无惧
风雨桥就在前方等着我

她是家屋　是亲人
是挚爱的母亲
永远端着平安的灯盏

为游子照亮回家的路
有时　远远望见飘动的飞檐
仿佛望见一角蓝头巾
望见 108 岁的萨岁女神
我总是忍不住热泪盈眶——
老祖母　老祖母

飞越极限

——游郑州方特欢乐世界

我飞了起来
真的飞了起来
转瞬间,黑暗消失
我突破了一切羁绊
身高,体积,体重
喜悦,恐惧,忧烦
我突破了所有
在空中忘情呐喊
并不是快,比所有的快都快
比闪电温柔,没有闪电
比风轻盈,没有风
比梦清醒,没有梦
我同时置身于每一个空间
我看见珠穆朗玛闪耀的雪峰
看见自由女神张扬的冠冕
我穿越埃菲尔铁塔
飞过祁连山的冰川
我俯瞰万里长城、科罗拉多大峡谷
掠过狮身人面像、非洲大草原
我飞越海洋、城市、乡村
不住地欢呼、问好
不为什么
也不被一切所见

是的,我在飞翔
飞翔——
相信光明
时空无限

绿博园秋月

仲秋时节
站在郑州绿博园
高高的观光塔上远望
我被三千亩植物的香气
轻轻飘浮起来，成为
最灵动的一缕香

我拂过大小兴安岭的林梢
带着油松、樟子松的浓香
我掠过傣家竹楼、苗家吊脚楼
携着云贵高原茶马古道的馨香
我拂过天山、祁连山雪峰
带着草原和绿洲的清香
我掠过椰林、芒果林、柑橘林
携着南海之风的暖香
我带着满怀草木的香气
向缓缓升起的月亮凝望

我看见一轮明月
照着全中国的树木花草
照着全中国的山川城乡
我看见所有花草树木
都在倾心交谈，相互祝福
我听见所有山川田野

都在把思念的歌谣吟唱
我知道每一盏热气腾腾的
灯下，都围坐着幸福的人儿
那些孤独的赶路人，此刻
也停下脚步，动情地把月亮张望

这一轮皎洁的明月啊
正映着绿博园枫湖的眼眸
映着中南海
映着鄱阳湖
映着日月潭
映着维多利亚港
映着江南的小桥流水
映着滚滚滔滔的黄河长江
映在所有华夏儿女眼中
映在全体炎黄子孙心上

来吧，朋友
让我们到月祭坛上
一起赏月，祈福
把四面八方植物的香
轻轻奉上。月季的香
菊花的香，茉莉的香
苹果的香，柑橘的香
当然，还有月饼的香
一起奉上。一千种香气
把一百三十多万平方米绿色园林
轻轻托起，托起——
离中秋的月越来越近
离桂花的香越来越近

噢,每一棵树,每一株草
每一枝花,每一个人
都被这圆满的光明注照
成了同一枚
宁静甜美的月亮

郑州之水(四首)

金　水　河

三十年前金水河徒有其名
直到听说郑相子产的故事
古老的河流才在我心里泛起金波

二十年前金水河有了河的模样
母亲的早晨，我的午后
孩子的周末在它的垂柳下度过

如今的金水河是绵延几十里的花园
河中清流潺潺，岸边游人如织
老人们说，细水长流才是生活

贾　鲁　河

穿越两千多年的时光
从楚汉相争的鸿沟流过
从西汉的蒗荡渠流过
从魏晋至宋代的蔡河流过
从元朝的惠民河流过
从明清的运粮河流过
贾鲁河，郑州之河

出新密圣水峪
和二七区冰泉、暖泉、九娘庙泉
纳金水、索须、熊耳、七里诸河及东风渠
一路东南，入颍河、淮河
历史的洪流曾湮灭多少浮华
贾鲁河的美名却从未被尘沙淹没
它义无反顾地养育五百多里的生灵
多少人，多少命，多少代
尊奉它为母亲河

水 如 意

北龙湖
南如意湖
3.7 公里运河为柄
安放于郑东新区西部
是为“水如意”

若得浮生半日闲
当然是泛舟北上
到龙湖看万亩水面、千亩湿地
到金融岛看绿色建筑、海绵城市
感受绿廊环绕、七维立体交通体系

你一定会再给自己半天时间
路过商业公园、运河公园的缤纷花海
路过东风渠、东西运河、金水河或熊耳河的碧波
在华灯初上之时登临千玺广场 58 楼极目望远
你一定会感叹：美哉，郑东新区！ 幸哉，我居宝地

水的记忆

水，是命脉
也是最恒久的记忆

当人们想要找回水
便是找回河流走失的孩子
干涸的土地会立即献出乳汁
皲裂的河床会立刻泛起涟漪
最普通的水草也会捧出绿意
小鱼、小虾、小鸟、小鸭赶来贺喜
芦苇、菖蒲、荷花、红蓼、荇菜
精心扎起一道又一道安全篱笆
水，是河流母亲最钟爱的孩子

河里有水是幸福的
水在河中是快乐的
水啊，请回到你的家
河流啊，请唤回你的孩子

当郑州想要找回水
所有的河流湖泊都热泪盈眶
所有的人民都无比欢喜
所有的水都向着母亲河的方向汇集
绿城之梦，在月光下重新波光熠熠

记忆之水，穿过历史的河床
唤醒我，唤醒你，唤醒一个城市
一个民族最动人最舒心的晨曦

大　玉　米

郑州市郑东新区 CBD 千玺广场，人们喜欢称之为“大玉米”。

——题记

大玉米是一个亲切的昵称
就像兄弟姐妹或挚友的小名
每当这样称呼它：大玉米
我都忍不住从心底绽开笑容

大玉米是一种浓浓的亲情
整整六年时间，我看着它破土
拔节，长成 280 米挺拔的身高
又一天天望着它，越来越俊美出众

大玉米是一道亮丽的风景
在郑东新区，不论上班下班
跑步骑行，或者婚纱摄影
它总在人们的视线之内、镜头之中

大玉米是一种高度和广度
站在 58 楼观光层俯瞰如意新城
15 年开拓发展的辉煌成果波澜壮阔
360 度展现国际化、现代化都市恢宏美景

大玉米是一种深深的情结

这片拥有 5000 年历史的热土
农业是命脉，粮食是主心骨
永不会改变的是对土地的深情

大玉米是一座壮丽的图腾
不论白天还是夜晚
人们都喜欢顺时针绕着它转
把心中的烦恼和喜悦说给它听

大玉米是一个美好的希望啊
它以塔的姿态伫立如意湖畔
是那么灿烂夺目，那么饱满丰盈
预示着金色的收获和来年的播种

中　原　颂

世界上有许多伟大的河流，
有的波澜壮阔，有的风光宜人。
我欣赏，却无法停下回归的脚步，
我的家在中国，在河南，
刚刚闻见熟悉的泥土味道，
就忍不住热泪盈眶，叫一声：母亲！

塞北的雪是美丽的，
江南的春天很迷人。
我赞叹，却不能安心长住，
我的家在中原，在黄河岸边，
刚刚听到亲切的方言，
就忍不住大声呼唤：母亲！

我爱这土地，这古老的河流，
深深地，用我的躯体和灵魂！
纵然走遍世界每一个角落，
最终必将回到这里，
回到这血脉相连的地方，
因为，她是生我养我的母亲！

或许，我曾千万次在这里生存，
历经三皇五帝开天辟地，封疆拓土，
目睹夏商王朝血雨腥风，青铜重器甲骨卜文，

秦皇汉武，魏晋风流，
唐宗宋祖，盛世繁华，
历史的惊涛骇浪转瞬间化为烟云……

我清晰地记得诗经时代的歌吟——
关关雎鸠，在河之洲。
青青子衿，悠悠我心！
春秋更迭，在周游列国的大道上，
多少次邂逅风尘仆仆的老子、孔子、庄子、墨子，
也曾苦苦追随白马驮经的铃音，达摩面壁的精神！

在东汉灿烂的夜空下，
张衡正遥望苍穹观测星辰；
一声叹息，蔡邕伤心地带走《后汉记》，留下焦尾琴；
张仲景仁心神术，《伤寒杂病论》至今仍在治病救人；
玄奘毅然西行求法，大唐西域佛光普照；
二程理学，荟萃儒释道精华，泽被后人……
“诗圣”杜甫忧国忧民，以诗歌为贫寒者遮风挡雨；
韩愈“文以载道”，古文运动令人耳目一新；
白居易“歌诗合为事而作”，新乐府风靡下里巴人；
刘禹锡、李贺、李商隐，明星璀璨光耀中外古今……
啊，这一切都无法穷尽我热爱中原的理由，
生生世世，我的血脉里流淌着黄河母亲的基因！

如今，我站在天地之中，嵩山之巅，
望长河如带，太行壁立，王屋巍峨；
伏牛妖娆，八百里长卷似彩缎织锦；
小浪底清流碧透，黄河安澜造福万民；
黄淮海平原铺开千里沃野，稻菽麦浪流金泛银；
大别山桐柏山茶香花艳，绘就风景如画的大地之春。

啊，这正是中原最美的季节！
桃红李白，杜鹃似火，连翘如金，
牡丹花开动洛城，清明上河古木逢春；
钧瓷汝瓷重绽华彩，杯杯毛尖款待八方来宾。
更有那醇厚甘甜的信阳红、桐柏红、函谷红，
河南红茶红红火火频传佳音！

党的十八大春风浩荡，
中原经济区正扬帆起航——
历史的巨幅画卷啊，将更加壮丽缤纷！
看大河上下，花团锦簇，
古流厚土，气象喜人，
新型城镇化、工业化和农业现代化协调发展，
生活越来越好，面貌日新月异。
我祈祷，我渴望——
中华民族伟大复兴的光荣与梦想早日成真！

我立于中岳极顶，
聆听黄河之水天上来的涛音。
这是我热爱的大地与河流啊，
任何珍宝都不能相提并论。
因为，这一切连着我的父老乡亲，
连着中原经济区一亿七千九百万人民，
连着天下无数勤劳智慧的炎黄子孙！

我匍匐在大地温暖的怀抱，顶礼膜拜；
我奔走在壮阔的大河之滨，高歌低吟。
我庆幸，我生长在这片热土；
我骄傲，我是中原人，我是河南人！
我歌唱，我赞美——

这生机勃勃的原野，
这亘古弥新的山川，
这前所未有的时代，
这平凡而伟大的人民！

中原啊！
请接受这热烈而笨拙的颂词吧，
我是你忠诚不渝的孩子，
你是我至亲至爱的母亲！

卷三

桃之夭夭，灼灼其华

蜡梅的存在形式（八首）

作为花的蜡梅

从立冬到春分
如果你有幸
在华夏大地旅行
中原，江南
云贵高原
广西，广东
你一定会为同一种花香
沉醉，惊醒

这是纯正的中国香
在白雪或绿雨的案上
虔诚地供奉
蜡梅——
没有人不识得她的容颜
没有人不知道她的芳名
没有人不喜欢她的气息
没有人不为她怦然心动
这是纯粹的中国香
美妙，含蓄
明亮，丰盈
永恒的吸引
不朽的传承

几千年，多少代
从没有改变过
圣洁的面容

作为药的蜡梅

蜡梅花味甘
微苦，凉
可止咳
生肌
开胃散郁
解暑生津

比如，花三钱
泡开水服
治久咳
又比如，以菜油浸
涂患处
治烫伤、烧伤
再比如，蜡梅花
扁豆花、鲜荷叶
各适量，水煎服
治暑热、头痛
心烦头昏

据我观察
蜡梅花尤其长精神
凡英雄气短
小资愁闷

饱暖困倦
萎靡不振
只需半日
择一无风僻静处
独对寒梅数枝
叹赏，品香
静虑，观心
即可舒情志
安神魂

作为姐妹的蜡梅

冬梅，雪梅
金梅，香梅
这些叫作梅的女子
都是我的姐妹

她们有着
同样干净的肤色
同样温暖的眼神
她们都是冬天出生的
有着同样透彻的冷香
同样冰清玉洁的灵魂

其实
我也是一株蜡梅
我有许许多多好姐妹

瓶 中 蜡 梅

一瓶清水
一夜间滋润开一枝蜡梅
轻轻地闻香
深深地陶醉
一瞬间
冰雪般甘醇的气息
从厚重的尘埃中
激活窒息的灵魂

常常，我们忘记了生存的理由
忘记了思念、梦想
甚至忘记了伤心
梅花，置身无言的冷
始终怀抱一颗真心
她的芳香是一场三九时节的大雪
纷纷扬扬，云开雾散
把我们带进又一个新春

诗 中 蜡 梅

诗人为蜡梅命名
并一再吟咏
在交错的辞藻中
蜡梅的真容模糊不清

似蜡非蜡

蜜蜡又怎能表达
她的澄澈晶莹
若梅非梅
梅的孤芳自赏
怎比得上她的博大精诚

毫无疑问
所有的诗人
都对蜡梅满怀深情
却无法形容她的圣洁
哦，谁能够描摹
阳光、月光、星光呢
一个神奇的时刻，我发现
蜡梅是由光聚合而成
她一尘不染，慈悲庄严
菩萨一样妙好光明
每个人在她面前
都能回到最初的样子
都能照见最美的心灵

心中蜡梅

爱一树蜡梅
爱到骨子里
那就以骨为枝

爱一朵蜡梅
爱到灵魂里
那就以魂为花

最硬的骨
最纯的魂
才配得上她

这雪中的暖
静中的禅
寒中的花

鄢陵蜡梅

在我家乡的宅院里
有一株芳香的蜡梅
母亲说，是鄢陵蜡梅
院子里许多花木来自鄢陵
比如玉兰、碧桃、紫薇
比如木槿、菊花、刺玫
母亲却只说
这是鄢陵蜡梅
——没去过鄢陵之前
鄢陵是这样
以蜡梅的形式存在的

多年之后的这个冬天
我来鄢陵赏花
方知道，鄢陵蜡梅
是一个专用名词
是国家地理标志产品
是跌宕起伏的花木史
是花都、花县的灵魂

鄢陵，鄢陵
两千多年从不更名改姓
原本就是一株倔强的蜡梅

醉　蜡　梅

素心
或磬口
梅开腊月一杯香
只深深地闻一下
便沉沉地醉了

与冰同吟
共一片冰心
与雪同舞
共一缕雪魂
与天同歌
共金钟一尊
与地同饮
共涌泉无尽

就这样陶然而醉
化入一朵纯净的梅心
看丹青高手
如何折梅一枝
听文人骚客
夜闻梅香失醉眠
薰我欲醉须人扶的低吟
我不须人扶

情愿醉卧古今
我的黄金屋是阳光做的
明亮温暖,馨香幽深

噫吁嘻！天下之花
唯蜡梅可以醉心

这个春天

这个春天
被花朵照亮
她笑着
在绿水青山间徜徉

看山，不见
山在远处，宛若身旁
听水，不闻
水在咫尺，默无声响

在每一朵花中
相遇，惜别
在时光之岸静坐良久
感受风的柔和，暖的阳光

一再提醒
不断路过的自己
不要忘记
这如此殊胜的时光

所有的春天
被无数花朵照亮

吉 野 樱

所有的花都按着时序开放
吉野樱也一样
只是更高洁
更美丽,更决绝
不在乎叹赏或惋惜的目光

仿佛在一瞬间盛开
又转眼即逝
除了美,她不打算留下
任何痕迹,不空许诺言
惹人神伤

她轻轻飘落
像风一样

四月的野玫瑰

这个春天
济源黄河三峡
以野玫瑰的名义
向人们发出邀请
让人不由得想到
天真烂漫的少女
热烈奔放的爱情

出济源往西南
南太行出人意料地穿着
印满黄花的绿色长袍
黄河水清凌凌的
映着山的倒影

登大河楼
揽孤山峡秀美风光
船行烟雨画卷
形容词堆砌八里峡两岸
细雨打不湿骚客的衣襟
绵密的雾，遮住了凤凰峡的秀发

嗯，这样的美景一定要有所保留
就像漫山的单瓣野玫瑰
以带香的锋芒
拒绝尘世过分亲昵的表达

又见桃花

很久不曾谋面，以为
已经忘记了你的容颜
在纷扰的红尘中
又面对你，红色的衣衫
依然鲜艳。桃之夭夭
照亮我的心房
没有谁能像你那样
打湿我的目光
桃花，桃花
桃花灼灼
春风啊，吹得多么迅速
转眼间已不见少年面庞

行吟诗人与桃花

一

在桃树下
仰望春天
每个人都会醉吧

粉的花，红的蕾
干净的枝条
潮水般漫向天涯

一个孩子被打湿了
她扑倒在地
把一阵心跳捂在土中

这历久弥新的云锦
像母亲的手掌
轻轻覆盖我的一生

二

在桃树下
品尝初夏的甘甜
所有的人都会笑吧

青青的果子也不苦涩
母亲的汗水滴在麦穗上
浸出一年中最悠长的芳香

布谷鸟将贪睡的孩子
一遍遍叫醒，在绿叶上
她蘸着蜜汁写下诗行

啊！这鲜美的果实
给了我热爱尘世的理由
出发吧，真正的生活在远方

三

在桃花峪
又一次看见春天
漫游者陷入绵长的回想

往日的果园，在西晋的晨钟声里开花
在唐朝盛大的祈祷声中张扬
在 20 世纪的迷雾里窒息了芬芳

流水激活历史的闸门
永不枯竭的大河
让失血的土地再一次泛起桃红绿浪

让我与你相遇、重逢
沿着桃花指引的方向
随时随地回到故乡

四

你，就是故乡
我听到你亲昵的呼唤
多么想守在你的身旁

花瓣飘零
我无法收拾起每一片落英
就像你无法捡起我的忧伤

在深夜为生命的苦难痛哭
每一朵蓓蕾都纯洁无邪
清晨看到的，被露珠映得更明亮

惜别的泪水
洒在你的脚下
在岁月的琥珀中留下影像

五

思念
也不过是思念而已
甚至久久不愿表达

就像桃花
面对另一朵桃花
终究无奈于语言的贫乏

在桃树下静坐片刻
或许很久
总会有泪珠滑落

不要介意,请以春风的微笑
安慰我,你是果园的主人
我只是过客

在花朵中握住果实

只能这样称呼你
桃花峪
满沟满坡的桃树醉了
湛蓝的天，飞霞的地
母亲河恬静的呓语

层层锦绣
映红了笑脸
林边青石上
崔护的诗句清新如初
这满眼春色
与爱情无关

松土的锹，整枝地剪
粗糙的手，滚热的汗
在目不能及的地方
耕种者的悲喜
和季节同步
与风月无关

轻轻捡起片片落英
像捏着一颗颗饱含蜜汁的鲜果
啊！我愿意在五月的街头

一次次遇见你
心满意足地
将春天的精华含在口中

姑且算作关于桃花的辩论

桃花不需要形容词
她天生丽质
无与伦比
她的姿态很低很低

桃花只是
赶早集的乡村姑娘
被奶奶仔细梳了头发
被母亲精心搽了胭脂

桃花一路走来
从农家小院到田间路畔
从僻静的山谷
到喧嚷的街头

让遇见她的人
个个张大了嘴巴

在盛唐的午后邂逅一朵牡丹

谷雨时节
在洛阳街头
邂逅一朵花
一枝
斜插在少年鬓边的
牡丹

不问哪里花正盛
何处花最妍
一朵足矣
我只是过客
不在乎身后嫣红姹紫开遍
大唐的落英缤纷依然

一千多年的时光
足以湮灭最生动的记忆
我犹看见那朵花
映着你眼中的惊喜
昔日红颜
已凝为深紫
这稀世之宝
是我回来的全部意义

邂逅一树牡丹

在今生的一个清秋
你还记得
我蓝色的衣衫

不要哭
我将留下
和你一起
花开春天

悬崖上的山桃花

将早春灰褐的山色
照得那样绚丽明亮的
是开在悬崖上的山桃花

如此突兀地闯入视野
静静地飘浮着
像含着雨珠的云霞
又仿如浓酽阳光深藏的笑容
在熏风吹拂下展露风情

飘逸而端庄
似轻盈美丽的仙女
站在尘世的手掌之外
含笑不语　遥不可及

一任渴望　赞美与艳羡
在远处喧嚷
她绝不肯
放下捍卫纯洁的旗帜

银　杏　树

一千年的时间
被你广阔的枝干呈现
历史的碎屑
在你沉静的呼吸中幻化成烟
秋日午后灿烂的阳光
掩不住你金黄叶片骄傲的
辉煌　历尽风雨
仍有天真无邪的面庞
银杏树
你绝美的姿态
是一则箴言
世事更迭
有一种东西却不会改变
你走吧
我将独自留下来
承受甘露和苦难

风之歌(四首)

风儿,你好

一丝风
叫醒花蕊
打开梦的睫毛

一缕风
鼓舞树叶
唱起快乐歌谣

一股风
摆动旗帜
发出平安预报

一阵风
挥动枝条
向大地万物问好

一场风
连接南北,沟通西东
对每一位行路人真诚拥抱

天地呼吸舒畅
每个人都心情爽朗

——风儿，你好

追风的人

鸟能够追上风
以它向往蓝天的热情
山能够追上风
以它超凡脱俗的高程
河能够追上风
以它奔流到海的勇气
海能够追上风
以它容纳百川的宽宏

追风的人
追上了风的脚步
以大风车的刚柔相济
把风的力量锁定，转换
化为神奇的电能
千百里外，风照亮了
城镇乡村最黑的夜晚
驱散了贫穷、落后、寒冷
它不息地吹动着
像一轮新生的太阳
照耀着生活、希望和爱情

绿　风

绿色的风
是天地的馈赠

它来自海洋
来自天空
来自高山
来自草原
来自田野
来自善良的心中

绿色的风
是爱与美的使者
把生命的风车缓缓吹动

大 风 车

大风车
是童话中的巨人
他长达五十米的臂膀
拉得住不羁的风
摸得到飞鸟的翅膀
云雀的歌声

在蔚蓝的海边
碧绿的山冈
开满鲜花的草原
在现实的泥土中
大风车是写满祝福的经轮
巍然矗立成最美的风景

雪

雪是冬天的小精灵
它唱着清脆的歌儿
在屋顶和树枝上跳舞
给孩子雪人与童话
给老人很久以前的事情
大人们匆匆走在路上
偶尔露出开心的笑容

雪是大自然的另一种花
它的六片花瓣开向天地
东西南北
它的香味有始无终
它进入泥土
进入所有花朵中
雪是开不败的微笑
在春天的绿叶间
隐了踪影

雪又是一场哀婉的爱情啊
开得纯洁，舞得热情
真挚雕一城琼枝玉楼
灵犀绘满眼尘世美景
一阵风，一场雨
一日骄阳

转眼曲终人散
空留一腔悲情

雪仍在下着
岁岁年年
雪是什么
雪是宇宙正在做着的
一个好梦

如莲红茶

暮色的卷帘垂在楼顶
天光与原木桌面
一样柔和安静
友人相逢的喜悦
闪着细碎的光泽
如莲红茶
被少女的素手
缓缓注入杯中

整个下午的昏沉
一刹那被激醒
盛产信阳毛尖之地
竟有此绵柔甘厚
又有稻麦之香
间阳光与火的滋味
氤氲悠远
直抵舌根　心灵

饮茶之人是有福的
闲坐山巅池畔
沐兰汤
浴松风

普洱，普洱

驾一朵祥云往南飞
在北纬23度这片绿海降落
野芭蕉、凤尾竹一路指引
暮色之中，水边的寨子
有一捧炊烟是为我升起的
我轻轻呼唤她的乳名——
普洱，普洱

这是一段岁月的名字
这是一片山水的名字
这是一枚茶叶的名字
带着历史体温的名字薪火相传
仿佛一个功德圆满的咒语
可以解渴，可以疗病
可以养生，可以洗心

普洱，普洱
默默念诵她的芳名
云雾升起
太阳升起
海拔升起
高山流水香气缭绕
这是被上天祝福的土地

明　月　歌

朗朗乾坤,浩瀚夜空
有一轮不染尘俗的光明
凝视大地,覆盖苍生
奏响起山河万里深沉辽阔的大音希声
浸染出天地一色苍茫混沌的大象无形

飘飘洒洒的月光啊
如霜,如雪,如雾
浩浩汤汤的月光啊
似水,似银,似梦
轻轻抚慰着每一个生命
撩拨出多少灵魂的律动
辉映大千世界的真善美慧
泼洒历史长河的诗意柔情

明月
智慧通达的眼睛
洞彻世态炎凉
照见万古时空
悲声里,波浪翻覆
欢歌中,沧桑几度
这皎洁纯净的宇宙之水
荡涤了多少灵魂的污垢
抚平过多少内心的伤痛

是慈悲，是宽容
是清凉，是警醒

平日里，凡尘的烟幕笼罩
我们沐浴月辉却无心觉察
中秋夜，圣洁的光芒
重又点亮心中的明灯
在明月亲切沉静的目光中
千古文人雅士直抒胸怀
无数英雄豪杰寄托钟情
大自然的帷幕层层拉开
真善美的主题演绎无穷
往事越千年
流逝的是岁月
不变的是月明

皓月当空
一派光明
明月啊
请借我长剑一把
斩断烦恼三千
借我一双慧眼
遥望历史苍穹
仰望杜甫
仰望李白
仰望广袤无垠的星空
铿锵飘逸的诗句
如洪钟犹在耳边回响
千年一瞬的时光之窗
交通天地
昭示永恒

卷四

七月流火，九月授衣

二　月　二

二月二，见龙在田
见你，在水边
垂天羽翼鼓动绿风
神思万里如虹
我彻夜不眠
在时钟上刻下那句箴言
以万象更新平衡淡定
龙抬头，惊蛰应
你在我心间
从容　沉潜

春　雪

不做任何事
只是看雪
雪无声
没有征兆就下得纷纷扬扬
像一场没有理由的爱情
其实又怎能如此比喻
一场雪,可以带来一生的惊喜
哦,似乎必须写一首关于爱的诗
才算对得起上天的好意
是的,那么多喜悦、沉醉
满足和感恩
那么开心的笑,甜蜜的泪水
那么广阔深邃的爱,化为甘霖
让田野返青,让杏花透白
让那年的桃花泛起红晕

很多事都可以放弃
用两天时间发呆
为一窗飞雪写一首小诗
是必须的

十四行抒情诗

必须向一场雨水顶礼
向太平洋的风
向白露降临之前温暖的气息
向打湿远行者思绪的雨滴

必须守着这个夜晚
守着东南方向的云朵
守着城市上空寥落的星辰
守着远方轻轻的梦呓

不要哭
必须足够坚强
爱的孤独
无法传达深藏的秘密

哦，除了夜色
谁能为你擦去悲伤的泪滴

端午节

从祖先坟头走向每一个村庄
从偏僻乡野走进喧闹街市
艾草,先于麦子回到生活
高置于家家户户的门楣之上
就像青春,总是先有梦和诗歌

五月,花事繁盛
而瘟疫在潜行
需要更加强烈的阳光
需要更加开阔的风
需要更加深刻的爱
需要更加内省的感动

阳光的声音

在城市喧闹的街头匆匆走着的时候
我常常怀念一种声音
在过去的诗歌和散文中常常被提及
而今久已不闻的鸽哨声
想象一下　在碧蓝的天空悠然滑过
鸽子轻盈的痕迹　一串音符
像是白云被惊醒的梦
清晰而又遥远　翩翩地飞着
在想象不到的地方　息了踪影

在城市越来越封闭的房间里坐着的时候
我常常梦想一种声音
当风儿拂过　从桃树那边
传来清脆悦耳的风铃声
如今桃花只在对故乡的思念中盛开
玻璃做的风铃挂在墙上
当我伸手碰它的时候
发出单调寂寞的呻吟
我们无法相互传递激情

可是　有一种声音
既不需要广大的空间
也不需要恰如其分的风
只需你我静下心来

静静地　忘掉一切烦恼
你就会听到——
叮咚　叮咚
像月光下流过岩石的泉水
带给我们一夜好梦
叮当　叮当
像春天正午和煦的阳光
晃得我们睁不开虚弱的眼睛

你就那么美丽地坐着　那么美
被音乐的阳光轻轻拥抱
一任纯洁的泪水
渗进心里　将自己
默默感动

春　天

几乎是一夜之间
杨穗就出齐了
无数毛茸茸的穗儿
挂在瘦硬的秃秃的枝头
初春的天空
一下子热闹起来了

也许是黎明时分
迎春花灿然开放了
几枝金黄的花儿
探出依旧冰凉的铁栅
早春的空气
转眼间温暖起来了

不过是几天时间
你又长高了一截
肩厚了，腿也粗了
晨光中露出纯真的笑脸
亲爱的孩子，看着你
我就看到了生机勃勃的春天

滴翠的雨季

玉米
红薯
豆子
蓬蓬勃勃的庄稼
将雨幕映得碧绿

槐树
栗树
榉树
错落有致的山林
将雨丝染得透绿

荷叶
荷花
莲蓬
高高低低的枝叶
将雨珠浸得翠绿

伏天里难得的清凉
从岸边漫向湖面
让人不由得心静
爱上这滴翠的雨季

思念的节日

像亲人一样思念你
不只是在这个日子
今天啊
因了王维的吟诵
我泪眼迷离

不只是在这个日子
像亲人一样思念你
今天啊
因了菊花的包围
我不堪一击

请允许我
像亲人一样思念你
像孩童的眼神那样无邪
像茱萸的香气那样浓郁

思念你
不只是在这个日子

请不要那样悲观

——写给迷茫中的青年朋友

是很深的夜了
我醒着,不能入眠
执一盏心灯
守在窗前

如果你在这时走来
我会请你坐下拉拉家常
或者像朋友一样
说说知心的话

我会邀你一起仰望星空
每颗星都是一个心愿
你的那一颗
能指给我看吗

假如你正孤独绝望
请不要那样悲观
生活的表情
在夜色中难免模糊失真
回到灯光下吧
同自己的理想做一次恳谈

最好,你是在梦中

身心彻底忘记疲倦
然后在清晨微笑着醒来
看，每天的太阳都是新的
请打开门，走到大街上
你会遇见亲人、朋友
美丽的姑娘
木棉树举着鲜红的火焰

疼痛的记忆

母亲又一次忧虑地说
上个月,回咱村的时候
在韦寺后地,遇见一队日本兵
现在,咋还会有日本兵呢

这件事母亲已经不止一次提起
弟弟再次解释说
那不是日本兵,是一群演员
正在路边拍抗战电影

不管怎么解释
不论解释多少次
母亲依然忧心忡忡,恍惚
浮现出小时候被吓坏的表情

那年,她五岁
亲眼目睹两个持枪的日本兵
把整个村子的人赶到打麦场上
男人和老人把年轻媳妇和姑娘围在中间
年幼的孩子躲在人缝中
一个日本兵到家家户户搜查
藏在玉米秆后面的邻家大姐
被刺刀逼了出来
吓得哭不出声……

那一天，像烧红的烙铁
在母亲心里烙下无法磨灭的伤痕
如今，八十多岁的老母亲
已经淡忘了许多事情
却清清楚楚记得那一幕
即使看见假扮的日本兵
也无论如何不能相信
那是在拍电影

七十多年过去了
母亲的记忆依然疼痛
七十多年过去了
母亲的心，依旧在疼

馈　　赠

小心翼翼，走在二十一世纪的霾阵中
生怕一不小心触动神灵
此刻，只有人类是正常的
带着各种口罩的人类
搬着空气净化器的人类是正常的
其他的生灵都会显得突兀陌生
在电话里问起母亲所在的天气
老人家始终没听明白这个词：霾
我奢望家乡一片晴空
茶心妹妹刚从龙潭带回高山毛尖
小个萝卜，足味的豆腐、千张、酸萝卜缨
她轻轻呼唤我，递上一只金色的木瓜
“放在屋里，闻一闻味儿”
美丽的笑靥照亮了路边的暗影
我微笑着摘下口罩
毫无顾忌地呼吸人间的馈赠
不管它是叫作有情，还是无情

惊　　醒

用一串音符
打捞起沉睡已久的心
打捞起甜美的笑容
温柔的歌吟
用一句平常话叫醒梦魇
或者用钟鼓　用雷霆
用铜磬　用一滴雨水
叫醒迟暮的青春
就这样唤醒我
以你饱含阳光的声音
以你透彻心扉的声音
就这样护念我
以你慈悲的胸怀
以你金刚的智慧
惊醒我
迷惘的灵魂

说　　话

大山从早到晚不说话
喇叭花野菊花南瓜花也不说话
松树楝树桂花树木瓜树不说话
秋虫和鸟儿只是和着山的节律歌唱
只有人在说话，从早到晚
不停地说。人是多么自信啊
把旅游叫作游山玩水
把什么都把玩一番，说道说道
好像人是世界的主宰
我想走远一点
听听山的声音
可人的声音如此洪大
搅动了傍晚的宁静

再走远一点
大山，我想和你单独坐坐

怀念新疆

刚刚离开
便开始怀念
仿佛天山南北是我的故园
何尝不是这样
在这片亲切的土地上
我的身心是那样舒展

我是你戈壁的红柳
高山的雪莲
沙漠的绿洲
草原的清泉
我是你茂密的森林
深邃的湖泊
奔腾的河流
洁白的冰川

我青春的梦想
曾离你那样近
在人生的第一个十字路口
库尔勒　毫无保留地接纳我
给我远行的勇气和终生的温暖
巴音郭楞　博斯腾　孔雀河
美妙的音节如同甘露
至今仍滋润着我的心田

再见　亲爱的朋友
再见　美丽的天山
我会回来
回到魂牵梦绕的家园

赛里木湖

午后来到赛里木湖畔
湖水灰白　温柔
偶尔泛出一抹深蓝
像迟暮老人微笑的眼

在湖边濯足
垂首　看见水中的远
倏然抬头　望云
扶住内心的慌乱

清晨离开的时候
湖面蒙着一层轻纱
西天净海
婴儿般　一尘不染

神光照耀草原

云帷高挂
遮一片清爽凉荫
开满鲜花的草原
芳草萋萋　溪流潺潺

一束光
从云间倾泻而下
巨大的光幕
照耀那拉提草原

我屏息伫立
看天地之大美
在空中花园上演
想要奔跑欢呼
却入定般
哑口无言

岁　　月

七月
一闪而过
我们得到
失去

失去的
何曾得到
得到的
又如何会失去

我在这里
就像不曾离开
你会回来
时空之间没有距离

八月
绿色进行时
风中打坐
雨意迷离

九月在玉米的
苞衣中怀胎
金色的籽粒
若有所思

林　中

山妖在林中坐着
听树说话

野菊花在溪边站着
听水说话

老僧在禅房坐着
听风说话

你在廊下站着
听雨说话

我在旁边站着
听你说话

红　　莲

古老的莲子
被精灵的目光唤醒

火炬已经重新燃起
疲倦的漫游者已上路

讲述吧，所有往事的
花瓣。会心一笑

低语
或者哭泣

不带任何行囊
无所畏惧

只是，蓝色的裙子
不要那么快褪色

白色的衬衫
要足够干净

在花落水流时节
蓦然相逢

暖

转眼冬已来临
大地沉默而寥廓
我想把诗句写满星空
或者像月光撒遍每个角落

不,星月之光都太寒凉
莫如把想说的话捂在心上
漫长的冬夜,愿我的思念
围绕你,为你驱散寂寞忧伤

尘世的烦恼放下最好
讲一段开心的往事吧
还有那间垂着冰挂的草房

少年时的梦,未来的期盼
我倾听着,这温暖的声音
如火焰摇曳,渐渐沉入梦乡

卷五

青青子衿，悠悠我心

在杜甫诞生窑前

巩义笔架山下
杜甫诞生窑依然空空
正如他当年赤条条来
走也只驾两袖清风
而他留下的一千五百多首诗
和忧国忧民的情怀广如虚空
足以让后人品味千年万年
滋养无数失血的心灵

一个民族正从春天醒来
空空的窑洞前人潮涌动
子美，杜子美——
人民呼唤他的芳名
他是诗圣，更是朋友弟兄
好雨知时节。就算春雨不来
我的泪水会催开所有花朵
为他奉上至诚的礼敬

让我遇见你

——致“诗圣”杜甫

让我遇见你
在你青春年少的时候
——会当凌绝顶
一览众山小

让我遇见你
在你最困苦的时候
——感时花溅泪
恨别鸟惊心

让我遇见你
在你最孤独的时候
——无边落木萧萧下
不尽长江滚滚来

让我遇见你
在你最高兴的时候
——白日放歌须纵酒
青春作伴好还乡

我要遇见你
在不朽的经典中
在滚滚的红尘中

在相顾相惜的泪眼里
在热血激荡的心灵

遇见你
在比酒还要香醇
比水还要灵动
比花还要馥郁
比泪还要动情
在永恒不灭
温暖心怀的诗歌中

踏雪访荥阳李商隐墓

徒步走了几十里路
我和朋友们踏雪而来
您的存在
让这片土地保持着诗意的温度

啊！一声感叹悲欣交集
我拜倒在您的面前
向您深深叩首——
您啊，是我的良师益友

雪，又悄悄地铺了一层
掩不住尘土的忧伤
绕墓三匝不忍去
我是您忠诚的赤子

忆昨夜星辰，望飒飒东风
叹相见时晚，吟人间晚晴
来是空言去绝踪吗
不，先生，我的相思正浓……

谒南乐仓颉陵庙

数千年过去了
仓颉故里依然灵验
缺乏诚意的造访
近在咫尺亦无能相见
必须专程再来拜谒
沐浴，更衣，持重庄严
起早，从濮阳驱车百三十里
穿过古黄河孕育的平畴沃野
恭敬下车，在望见高大的字圣坊之前

黄帝时代的史官村，或曰史皇村
曾两易其名：吴楼村，吴村
仓颉爷陵庙的香火却始终未断
而今，正月庙会，十月祭奠
依然规模盛大，古风沛然
“文宗”“字祖”的根脉
贯穿仰韶、龙山、商周文化
六千多载丰厚土层
彪炳中华文明灿烂悠久之渊源

朝天，仰圣，瞻万古一人
金身端坐，龙颜四目
冠冕垂旒，帝王一般
说你四目灵光，生有睿智

信然
无此天生慧眼,怎能创造出
音端形方、举世无双的中国汉字
象形、会意、形声、指事、转注、假借
勋名并六书传世,三教之祖,万圣之宗,功莫大焉

说你造字成功后
天雨粟,鬼夜哭
信然
仓颉造字
惊天动地
上苍为之欢喜
鬼怪为之战栗
混沌之夜,你高举文明的灯盏
把中华民族带向划时代的明天

说是全国有四十多处仓颉遗迹,或许更多
仓陵、仓庙、仓台、仓亭遍布南北各地
我相信每一处都是真的,都是后世对你的追忆
为了造字,为了传播文化,你曾奔走四方
人们对你、对汉字的崇拜也从未停息
凡识文断字者皆学生,无长幼贤愚皆弟子
这,一直是炎黄子孙的深刻共识
啊,斯文鼻祖!所有人都应该向你施礼
所有使用汉字的地方都应该向你表达敬意

访范县郑板桥纪念馆

走进大门
便听一声浩叹
“些小吾曹州县吏
一枝一叶总关情”
那是板桥先生
衙斋卧听萧萧竹
疑是民间疾苦声
然后见先生白玉之身
清竹一般卓然挺立
扑面而来两袖清风

这劲风曾凿破县衙围墙
激浊扬清，抚慰百姓
这惠风曾吹拂春雨长堤
古庙瓜田，陇上耦耕
这和风光明磊落，清正廉洁
与范县民情古风鱼水相融
知县五年，留下多少故事
多少诗篇，多少情义，世代传颂
五年，长过三百年
只因你一身正气，心怀苍生

访花洲书院致范仲淹

那时，你选择了邓州
选择了这片百花洲
邓州人民也选择了你
长跪数里把你苦苦挽留

你留下了
留下一座书院兴盛千年
留下一堂春风浩荡千年
留下一篇奇文传颂千年
留下一种精神耸立千年
先天下之忧而忧
后天下之乐而乐
千古绝唱
至今轰鸣在大江南北
镌刻在亿万国人心头

千年
多少人追随你走进花洲
染一身书香
育一腔正气
多少人铭记你走出花洲
以天下为己任
以苍生为骨肉

千年之后的这个秋天
我再次来到花洲书院
登菊花台
揽一池碧水
弹《履霜》曲
任热泪双流
一别千载
实难辨别你当年模样
你滚烫的诗行
却依然烘烤着我的双手
“噫！
微斯人，吾谁与归？”
范文正公啊
如果没有你
滚滚红尘之中
孤独流浪的心
将何处归投

石壕村访古

杜甫老爹
您离开石壕村
一千二百五十多年之后
我和一群诗人慕名来访

您住过的窑洞
已成危房
您歇脚的小床
铺满荒凉

我们来得太晚了
我羞愧难当
我们来去太慌张了
没有和守护您的人家拉拉家常

临上车前,有人问
这里有姓杜的吗
一位黑瘦的中年男子
赶忙说:我姓杜

说这话时,他黯淡的脸上
闪现光芒

带走一块泥土，我愧悔不已

沿平坦的公路飞驰而来
只几分钟，就踏上崤函古道
石壕段遗迹，全长不过 230 米
辙痕的深度令人生疑

阳光如此灿烂
干脆将它做了道具
或坐，或卧，或立
镜头里的风景令人着迷

在历史面前
我们是无知的孩子
贪婪的乞丐
连衰老的土块也要索取

这凝结血汗泥水的化石如鲠在喉
无处安置。我要把它送回原地

致诗人徐玉诺

玉诺君
你离开尘世五十多年了
家乡人依然忘不掉你
依然常常讲起你的事迹
你的诗歌文章、人品精神
在你的诞生地
河南省鲁山县徐营村
当年的院落不知是何样貌
正屋的墙上挂满了照片
隔着半个多世纪的距离
你超凡脱俗的气质触动人心
啊！你这悲苦的“夜的诗人”
是如何在地狱看见了天堂
是如何在乱世发现了良心
是如何在布满荆棘的大地上赤脚奔走
是如何在死一般的沉寂中听到了琴音
是如何在滚滚红尘中创造“将来之花园”
在枪声饥号中大声疾呼，高声歌唱
在刀光剑影之间看到美丽的月亮神

你来自何方？要去往哪里
你这孤独的赶路人
不！你并不孤独
你的校园里课堂上门庭若市

多少人渴望见到你，亲近你
聆听你激流奔涌的话语
浸润你春风化雨的灵魂
只是，只是啊，不安的心
追着你四处流浪
苦苦找寻，直到如今
直到如今，我们也无法追上你
清瘦的身影，高古的足音

玉诺君
你真的不是一个人在走
你的身后，跟着成千上万的后来人

遥望王铎

孟津因你而闻名
你以孟津为名
王孟津先生
你是中国书法绚丽多姿的山峰

穿越四百年烟尘
放眼望去
你傲立天地之中
岿然不动

风吹过大地
万木萧索,虬枝盘错
绵延飞舞的笔墨线条
幻化为纵敛有序的物我神情

那是怎样一种气势啊
遒劲雄拔,苍郁敦厚
流淌着神灵的血脉
彰显着生命的律动

抑扬顿挫中
飞流直下
激昂洒脱过
万籁俱静

雄奇恣肆
铿锵呼应
琴瑟悠长
钟鼓齐鸣

这是一曲神奇的宇宙交响
天人合一
慷慨激昂
挥洒出浩然大气的人生

一生坎坷浮沉
抹不去鲜明的棱角
你的笔端奔涌着嵩山烟岚
流淌着黄河涛声

拒绝甜美
拒绝虚饰
在朝代更迭中左奔右突
你始终以轩昂的精神安身立命

诗如其人
画如其人
字如其人
人如高峰

遥望王铎
遥望一座神奇的山峰
高古豪迈，诗意葱茏
矗立在历史永恒的时空

列 子 颂

列子，本名列御寇，战国时期郑国圃田人，道家学派重要代表人物。“子列子”是后人表达对他的尊重的特殊称谓。

——题记

子列子，名御寇
降生前，百鸟临
紫云绕，彩霞飞
香盈室，众皆钦

子列子，尊黄老
师高人，善养心
愈九年，绝是非
御风行，为真人

子列子，隐故里
四十年，无人识
不居官，不受食
广授徒，淡名利

子列子，无为治
性冲澹，遗世立
贵清虚，通天地
立学说，传后世

子列子，惠农耕
看小孩，打短工
改薮泽，志移山
教民众，以寓言

子列子，游八荒
降祥瑞，泽四方
逍遥游，泠然善
使吾辈，徒艳羡

子列子，千古赞
列子祠，拜先贤
圃田会，颂列湖
卦台春，薪火传

列　子

在战国的天空下
你御风而行的仙姿
一定是最美妙的风景
立春那天，你凌虚而起
开始漫游八荒的旅程
所到之处，枯木逢春
人民得福，万物皆生
列子啊！你飘飘的衣袂
触动了我柳丝般萌动的心旌

奈何我深陷红尘两千多载
甚至更为久远，直到如今
已无法望见你远去的背影
该如何突破灵魂的羁绊、肉身的沉重
内心与外物的界限如何消融
渺远处传来幽幽的回答——
彻底的虚，必定有无皆忘
化解了所有差别，也就无所谓是非利害、内外轻重
啊，你没有走远，留下了超逸绝尘的《列子》真经

在历史的天空下
你遗世独立的身姿
是最浪漫最动人的风景
你道法自然，淡泊名利

著书立说，启迪苍生
你善用寓言，教化民众
愚公移山，改造薮泽
杞人忧天，可赞可敬……
你照亮了中华民族智慧与想象的星空

木香花年年开放

——写给恩师李允久先生

十年了
岁月走得如此匆忙
您的笑定格在春天枝头
我不敢抬眼
看见你纯净如水的目光

十年了
我不肯说出内心的孤单
沉沉的悲伤也竭力隐藏
怕触落深夜星空的露珠
打湿你阳光一样和煦的面庞

十年,没有你的汴梁渐行渐远
属于你的唐风宋韵顿失光芒
你曾教给我们爱,也教我们放弃
老师,我铭刻在心
从未背叛过自己的理想

十年,西姜寨南桃园村
那个木香覆盖的小院
一直绿着,从未枯黄
素朴的木香花年年开放
洁白而又芬芳

十年，你心爱的女儿
已出落成俊美的姑娘
她有着你的眉眼，你的善良
你的才华，你的坚强
她盛开着，让我忘记了孤独忧伤

那天，您站在山坡上

那天，您站在山坡上
笑着向我们致意
转身，像一阵清风
走进花木深处的客堂

茶，一杯接着一杯
洗去尘世的烦劳
最急躁的心
也安静下来

给每人赠一串佛珠
颗颗都是纯净的欢喜
说是一定再来山中
过几天晨钟暮鼓的日子

还没有顾上再访水帘寺
妙侠法师已溘然西归
能忆起的只有爽朗的笑声
我忍不住泪落如雨

禅者行远
吾心空寂
桐柏山上悠悠的白云
带来彼岸花开的消息

送新朝君西归

2016年9月3日，著名诗人马新朝逝世。

——题记

一

你曾经那样光荣，那样骄傲
而今却如此黯然，如此无奈
你以自己的苦痛示现着无常的人生

你一直热爱着土地
歌颂它，回顾它，哭泣它
现在就要归于它吗

不，不是这样的
你是那样智慧勇猛
在最深的深渊里
选择了高峰
在最黑的黑暗中
选择了光明

你失去了人生的欢宴，美景
也失去了衰老，死亡，病痛
是的，你失去了死亡
转眼间
在一首首诗歌中

获得了鲜活的生命

二

你重新变得明净
像无云的晴空
此刻,你是最幸福的
你让所有人泪如泉涌
在这个世上
你没有留下什么遗憾
没有留下一句话
可你的诗句
正被千万人
反复引用,品味,传颂

三

又到了收获季节
大地开始送别
她精心养育的孩子

我在一片玉米地里
看见无数个你
半是枯黄,半是碧绿
曝晒于阳光下的金黄
浮现你的笑意

母亲最后一次
拥抱心爱的孩子

然后把手松开
你是真的要远行了
她垂下空荡荡的手臂

只有风还在寻觅
时光遗落的诗卷
月亮又凉又圆
又凉又圆
我终于未能忍住泪水

你是如何转身
只有月亮看见

卷六

淑人君子，怀允不忘

焦裕禄颂

豫东平原，黄河故道，
兰考县 1962 年的那个冬天，
真冷，真冷！
狂风漫卷，沙丘连绵，
盐碱滩一片苍白凄凉，
涝洼窝唯有泥水残冰。
饱受“三害”摧残的兰考人民啊，
身心的苦痛比严酷的冬天还要深重！

紧要关头，
焦裕禄同志临危受命，
肩负着党的重托，
满怀着改变灾区面貌的壮志豪情。
他像一团火，一团熊熊燃烧的火，
一头扎进人民群众之中——

走村串户，嘘寒问暖，
住草庵，蹲牛棚，
与群众同吃住同劳动；
问意见，查灾情，
虚心请教治灾办法，
倾听老百姓的诉求与呼声。
很快，焦书记心里有了底，
更有了极大的勇气和感动。

治沙、治水、治碱，
根除“三害”的宏伟蓝图成竹在胸。

见到涝洼窝，他满怀热情地说：
可以栽苇、种蒲、养鱼；
看到荒沙丘，他充满信心地说：
栽上树，就是一片好风景！
面对盐碱地，他斩钉截铁地说：
治住它，把一片白化作一片青！
当着县委一班人，他语重心长地说：
兰考是个大有作为的地方，
共产党员要在困难面前逞英雄！

焦书记，真是一位铁打的英雄！
不畏艰险，身体力行，
向困难发起一次又一次冲锋！
风沙最大的时候他东奔西走查风口，
暴雨成灾的时候他长途跋涉摸水情；
风雪夜带领干部访贫问苦召开现场会，
一番话，说得一班人心热脸红。

群众的困难就是命令，
他无所畏惧地踏上征程！
蹚过激流洪水，
冒着暴雨狂风，
一次又一次搏击风浪，
一次又一次涉身危险之中。
他是一位勇敢的斗士，
跃上洪水凶猛的脊背，
观察它的来龙去脉，

揣摩它的脾气性情。
疏浚河道，开挖水渠，
让洪水乖乖地俯首听命。
长年的内涝终于逃遁，
苦难的民众安享太平！

百姓的期盼就是命令，
他毫不犹豫地踏上征程！
涉过滚滚黄沙，
忍着剧烈病痛，
一次又一次追沙逐风。
那是怎样的苦旅啊，
他流了多少汗，
摔了多少跤，
受了多少罪，
没有人能说得清。
长期的劳累与煎熬，
铁打的身躯也难以支撑！
沿着调查队深深的足迹，
大大小小一千六百个沙丘，
如狼似虎八十四个风口，
一一展现在焦书记心中。
他亲手栽下泡桐树，
如同扎下定风神针；
精心编织绿色林网，
锁住咆哮肆虐的风沙狂龙。

人民的需要就是命令，
他义无反顾地踏上征程！
走进干旱的盐碱地，

品尝苦涩的碱花花，
翻淤压碱，开沟淋碱，
打埂躲碱，台田试种，
贫瘠的盐碱地啊，
终于焕发出绿意葱茏。

出征，出征——
走向田野村庄，
贴近人民群众。
他从不坐在办公室里拍脑袋，
从不坐在家中听汇报，
从不坐在官椅上发号施令。
他深入全县农村调查研究，
到最困难的生产队去蹲点，
到贫困群众家中体察民情。
他发现了韩村的精神、秦寨的决心、
赵垛楼的干劲儿、双杨树的道路、
坝子的风格等五个先进典型，
他满怀激情为人民群众的
“硬骨头精神”鸣锣开道，
他真是人民的好公仆啊，
一言一行无不彰显共产党员的赤胆忠诚！

在兰考工作一年多时间，
全县一百四十九个生产大队，
焦书记靠着一辆自行车和一双铁脚板，
走访调研了一百二十多个，
五千多里路的昼夜跋涉啊，
饱含着多少心血，多少深情！
他把整个身心都交给了兰考人民，

交给了兰考的治理“三害”事业，
他的心里装着全体群众，
唯独没有自己——
这是多么崇高的境界，
这是怎样的亮节高风！

1964 年的那个春天，
很痛，很痛！
积劳成疾的焦书记倒下了，
永远地倒下了！
长眠在了他为之奋斗的兰考大地，
长眠在了他抛洒汗水的热土之中……
他的精神化为一片沃土，
一片生生不息春意盎然的沃土。
这不幸而又幸运的土地啊，
从此可以种麦种稻种花生，
种荷种枣种春风……

春风年年，
遍野的泡桐树花开烂漫。
焦书记啊，顶天立地，
就是那棵最高最美的泡桐！
人民的儿子，
是这样与人民血脉相连，休戚与共；
大地的赤子，
是这样与大地肝胆相照，一往深情！

焦裕禄，是一座高山，
锦簇绵延于群峰之中，
贴俯大地，肩挑白云，

含纳百川，昂首苍穹；
焦裕禄，是一盏明灯，
高悬于思想境界的巅峰，
当黑夜降临，道路泥泞，
他为前行者带来光明；
焦裕禄是一座永不磨灭的丰碑，
镌刻着亲民爱民、艰苦奋斗、
科学求实、迎难而上、
无私奉献的精神标尺，
跨越时空，历久弥新，
永远耸立在中原大地之上，
永远矗立在亿万人民心中！
焦裕禄，
焦裕禄精神，
一个铁骨铮铮的民族脊梁，
一面清澈如水的心灵明镜！

面对焦裕禄的思考

来到兰考，
又一次看到你消瘦的面容！
我很想知道，
你孱弱的身躯里，
蕴含着什么样的动力和能量，
让你不停地走向基层，走向群众——

你曾走进漫天风沙，
你说，风沙最大的时候，
才能找准流沙、风口；
你曾走进倾盆大雨，
你说，雨下得最大的时候，
最能摸清洪水的脉动；
你曾走进炎炎烈日，
你说，干旱越重的时候，
越能辨别碱的种类和土壤的碱情；
你曾走进茫茫大雪，
你说，干部应该在群众最困难的时候，
去关心群众，帮助群众。
你是苦水里泡大的孩子，
你的心与人民群众息息相通。
你不怕苦，甚至不怕死，
为的是兰考人民不再受苦，不再受穷。
你说，党把这个县 36 万群众交给我们，

我们不能带领他们战胜灾荒，
应该感到羞耻、心痛！
你说，我对兰考的一草一木都有深厚的感情，
要是不能改变兰考贫穷落后的面貌，
就对不起死去的烈士，
对不起这片土地上的黎民百姓！

这就是你奋斗的动力——
一切为了人民利益；
这就是你前进的能量——
一切为了劳苦大众。
这是怎样的责任担当，
这是怎样的大义深情！
这担当，穿越五十年风雨，
依然振聋发聩；
这深情，历经岁月沧桑，
愈加宝贵珍重！

怎样当好人民的公仆，
怎样密切联系群众？
是躲避困难，还是迎难而上？
是为拿政绩，还是心系百姓？
你义无反顾，
拼搏奉献，身体力行——

面对寒冷，你化身火焰，
你的热情融化大雪坚冰；
面对饥饿，你化身粮食，
你的慈悲滋养黎民苍生；
面对盐碱，你化身沃土，

你的无私如夏雨春风；
面对风沙，你化身大树，
你的执着让天地动容！
活着，你弯下身子，
视人民为父母，鞠躬尽瘁；
死了，也要融进泥土，
福泽后世，回报百姓！

啊！这是怎样的大仁大义，
这是怎样的大智大勇！
我常常想，
一片灾难频仍的土地，
何以因为一个人而改变了面貌？
一个深受病痛折磨的人，
何以有勇气战胜三大灾害，忘死舍生？
细思量，
这改变靠的是一种精神，
一种无私无畏的革命精神；
这勇气源于责任和担当，
源于对人民群众的挚爱真情！

焦书记啊，
站在你的面前扪心自问，
多少人该感到羞愧、羞耻，
多少人该深刻反省、警醒！
身为党员、干部，
是否一心想着人民，
一切为了群众？
是否深入基层，深入实际，
调查研究，体察民情？

是否做到为官一任，造福一方，
在其位，尽其责，谋其政？
是否真抓实做，两腿是泥，
廉洁奉公，两袖清风？
是否存在形式主义，走过场，做“盆景”，
是否欺上瞒下、弄虚作假、欺世盗名？

面对焦裕禄同志照一照镜子，
真应该触及灵魂、反躬自省！
焦裕禄，
你是一座高山，
引领我们仰望星空；
你是一泓清泉，
荡涤我们尘封的心胸；
你是一把火炬，
点燃我们奋斗的激情；
你是一座警钟，
警示我们勿忘根本，戮力前行！
你的动力就是我们的动力——
一切为了人民！
你的能量就是我们的能量——
一切为了群众！

敬爱的焦书记，
面对你伟岸的身影，
我们痛心疾首，幡然猛醒！
在天地良心前照照镜子，
在责任义务前端正衣冠，
在清风正气中沐浴身心，
在无私奉献中强身治病……

以新的动力和能量前进，
向着人民群众！
为实现中国梦，
踏上新的征程！

李学生，我的兄弟

当有人需要帮助的时候，
并不是每一个人都会伸出热情的手。
而你，李学生，我的兄弟，
你总是面带笑容地走上前去——

小时候，
你就是那么古道热肠，乐于助人。
多少次帮助忙碌的婶子大娘照看小孩，
多少次帮助“五保户”老人担水扫地，
多少次在下雨天把雨伞胶鞋借给老师同学，
多少次，你帮完东家帮西家，
把乡亲们的事当成自家的事……

长大后，
你依然是那样侠肝义胆，乐善好施。
是你，当邻居家着火的时候，
孤身冲进火海救人救火；
是你，在别人家的孩子身受重伤时，
及时送他就医；
是你，炎炎夏日里四处奔波，
替村邻卖西瓜；
是你，放下自家地里的活儿，
帮乡亲们收麦打场，一次又一次；
是你，第一个走出村子到城里打工，

并且不厌其烦地给村里人介绍工作，
帮他们解决工作和生活中的一个又一个难题……

当有人面临死亡的威胁时，
并不是每一个人都能舍生忘死。
而你，李学生，我的兄弟，
你毫不犹豫地冲了上去——

2005年2月20日下午，
在离家乡很远很远的温州，
你为同乡聚会兴高采烈地上街买菜，
在铁道旁，突然看见两个
被呼啸而来的列车吓得不知所措的孩子。
你飞身上前，
从铁道上救出了小男孩，
当你再次冲上去救小女孩时，
疾驰而来的列车已将女孩撞飞，
也将你年仅三十六岁的生命残忍地夺去！

你就这样义无反顾地走了，
李学生，我的兄弟！
给年过花甲的父亲留下晚年丧子的哀痛，
给十岁的女儿留下父母双亡的悲剧！
给信赖你的乡亲留下难以弥补的遗憾，
给热爱你的人们留下深深的惋惜！
你就这样仁至义尽地走了，
留下多少敬仰，多少感动，多少启示！
让无数认识你的人不认识你的人潸然泪下，
让天地动容，鬼神哭泣！

命运待你并不厚道：
少年丧母，青年丧妻，
为了生活远走他乡，
每日吃苦受累，劳心费力。
乡亲们都心疼地说：
学生是个苦命人！

可你并不像某些整天锦衣玉食的人
那样牢骚满腹、怨天尤人，
也不像某些整天无忧无虑的人
那样表情冷漠、心灵麻木，
生活的磨难并没有抹去你脸上纯真的笑容，
也没有消磨掉你一如既往的善良和热情。
你无怨无悔，
用一颗金子般的心，
写就了自己不朽的履历——
是的，你将永恒地活在人们心中，
人们将永远怀念你闪光的名字：
李学生！
就像怀念董存瑞、欧阳海、罗盛教
这样一些光辉的英名！

我将深深地怀念你，
李学生，我的兄弟！

英　雄　颂

——写给老英雄李文祥

英雄不老，
这史诗般的感人故事荡气回肠！
英雄不老，
这传奇般的高大形象熠熠闪光！
英雄不老，
驰骋沙场的风采因密封而鲜活如初；
英雄不老，
纯洁坚定的信念从未改变过方向。
英雄不老，
多少青春的旗帜猎猎呼应；
英雄不老，
多少理想的火炬放射出璀璨的光芒！

老英雄李文祥啊，
读你的事迹，
我一次次流下热泪，
就像想起淳朴厚道的乡亲，
如同念起可亲可爱的爹娘！
我的心，
因泪水而干净，
因感动而柔软，
因震撼而警醒，
因欣喜而明亮！

我理解你面对枪林弹雨
为什么视死如归，
因为你说过：
战场上哪能不死人呢，
反正是为人民而死。
我理解你为什么毅然决然支农返乡，
因为你说过：
群众饿肚子，干部有责任！
我理解你为什么生活困难却甘于隐忍，
因为你说过：
我是党员，吃亏安心。
我理解你为什么始终坚守偏僻的家乡，
因为你说过：
穷地方没人来，那不就更穷？
我理解你为什么安贫乐道无私奉献，
因为你说过：
党员就要有党员的样儿！
我理解你为什么隐功埋名五十载，
因为啊，你的理想是那样坚定！

“我的心，不要扬起你的尘土，
让世界它自己寻路向你走来。”
——一位诗人这样说过。
你不是诗人，未必考虑过整个世界，
而如今，世界正络绎不绝地向你走来。
它带着爱与美的花束，带着光荣的冠冕，
它带着感恩与赞美，带着动人的诗篇，
它说：你这心如水晶身如琉璃的纯净的人啊，
你所拥有的正是我最宝贵的，
一切，都会为你展露笑颜！

不，不仅是世界向你走来，
你宽容博大的心胸，
原本就装着整个世界！
我敢肯定，
关于亏与不亏，该与不该，
你连想也不曾想过，
因为你的心中没有自己，
只有善良的愿望和理想的灯盏！

就像矢志移山的愚公，
为了后来人的通途，
怎会在意"智者"的嘲讽，
怎会畏惧山高路远！
就像当年的林州人民，
为了子孙后代的幸福，
硬是凭着两只手和一锤一铲，
在太行绝壁上，
修起一千五百公里红旗渠，
十万人，十年苦战啊，
靠的就是享受在后，吃苦在前！
就像"人民的好公仆"焦裕禄，
心里时刻装着群众，
迎难而上，艰苦奋斗，
鞠躬尽瘁，永垂典范！

是的，你们是一样的河南人
——普普通通、踏踏实实，
平凡得就像山中的石头、禾下的泥土，
而正是你们铺就了坚实的大地，撑起了高天！
——不畏艰险、侠肝义胆，

平静得就像无风的大海、无云的蓝天，
而正是你们担起了人间道义，昭示着世间良善！
——包容宽厚、忍辱负重，
平常得就像路边的小草、田间的耕牛，
而正是你们成就了多彩的世界、美好的人间！

是的，你们是一样的英雄——
满腔热血，可亲可敬；
踏踏实实，普普通通；
自尊自强，能拼会赢；
难能可贵，纯洁真诚！

英雄，是追求，是责任，是担当；
英雄，是清泉，是好雨，是清风！
看啊，绿意正浓的中原大地上，
这英雄的清泉已浇灌多少干渴的心田，
这英雄的雨露已滋润多少欣悦的心灵，
多少心花正灿然开放，为这荡涤灵魂的清风！

这些名字

张思德
雷锋
焦裕禄……
几十年过去了
这些名字依然响亮
他们和勇于献身
大公无私
鞠躬尽瘁
这些崇高的词汇
紧紧联系在一起

孔繁森
牛玉儒
任长霞……
几十年之后
这些名字仍将被人们记取
他们是勤政为民
两袖清风
刚直不阿
这些闪光的词汇
最完美的诠释

他们生活在不同的年代
在不同的岗位上默默奉献

却拥有共同的理想和品质
勤勤恳恳为人民服务
权为民所用
利为民所谋
情为民所系
这些名字
已经深深地
和金色的锤子镰刀
融为一体

还有，王顺友
祁爱群
史来贺
郑培民
还有许许多多
有口皆碑令人敬仰的名字
像晴空的白云一样高洁
像海边的岩石一样忠诚
像山里的溪流一样生动
像田间的泥土一样朴实

这些名字
像春风一样鼓舞人心
像种子一样充满生机
像阳光一样明亮温暖
像金子一样珍贵而不朽
这些亲切的感人至深的名字

爱，擦亮天空

——写给孝女底慧敏

19 岁，正值妙龄，
本该青丝如墨，轻歌曼舞，
你却满头白发，步履匆匆。
啊，令人心酸的女孩，
什么样的苦难让你如此沧桑？
你的丝丝白发如同黑夜里的强光，
是那样剧烈地刺痛了我的眼睛！

那是 2013 年 7 月的一个噩梦，
母亲意外摔伤，成了植物人，
正在兰考一高读书的底慧敏，
天塌地陷，如雷轰顶！
仿佛一夜间，白了少年头，
不见了如花的笑容。
啊，可怜的女孩，
在无人的深夜，
你究竟流过多少眼泪？
这满头白发，
分明是痛苦的凝聚，
是一个孩子对母亲爱的见证！

2014 年夏天，
你考上了郑州一所大学。

父亲要外出打工挣钱养家，
两个弟弟年幼，
吃喝拉撒都要人照顾的母亲怎么办？
孝顺的你义无反顾地做出决定：
在学校附近租间房子，
我要带着母亲上学。
女儿是娘的小棉袄，
娘啊，我绝不会让您挨饿受冻！

从此，一个柔弱的身躯，
撑起了一个沉重的家庭。
从此，不论酷暑还是严寒，
你每天数次奔走于母亲和学校之间，
周末还要去做兼职，
赚些零钱补贴家用。
在简陋的没有窗户的出租屋里，
你为母亲悉心操持一日三餐，
喂饭，擦身，按摩，
像羔羊跪乳、乌鸦反哺那样自然；
你和妈妈说着知心话，
大声念书给妈妈听，
像黄香温席、郯子奉亲那样至诚！
“娘啊，乖，
你要快点好起来。”
“放心吧，无论怎样，
我都陪着你，照顾你！”
爱的呼唤和表达，
让无法言语不能动弹的
娘亲泪水盈盈，
也让许许多多人的心啊，

被汹涌的热泪浸湿、触动——

网友率先捐款，
社会各界积极响应，
短短 9 天，捐款达 38 万元；
人们还送来各种物品，
6 平方米的小屋霎时间被爱意填充。
团省委迅速制订了“底慧敏帮扶方案”，
各级团委、志愿者组织跟进行动。
妈妈住进了省里最好的医院，
弟弟被郑州一所中学破格录取，
学校要帮父亲安排工作，
不少单位发来实习邀请……
曾经备尝艰辛的女孩，
如今被爱包围，被善相拥；
曾经爱笑的女孩，
重又绽放出美丽的笑容。
她说：希望大家不要再给我捐钱捐物了，
以后，靠我和爸爸可以撑起这个家，
请把钱捐给更需要的人！
这是充满感恩的情怀，
这是满怀大爱的诉请！

孝女底慧敏，
我们为你点赞！
你是好样的“90 后”，
孝的楷模，爱的英雄！
你稚嫩的肩膀，
扛起的不仅仅是儿女的天职，
更是整个社会道德的天平；

担当的不仅仅是伦常道义，
更是中华民族优秀美德的传承！
你以非凡的勇气抵御生活的寒流，
你以深情挚爱融化苦难的坚冰，
你以吃苦耐劳践行人生的责任，
你以乐观向上托起梦想的天空。
虽然每天要照顾妈妈，
你的学习却从未落下，
也很少抱怨命运的不公。
你说："生活，总要去面对。"
你说："除了顽强拼搏，
生活也包含着妥协和忘却。"
哦，或许，你可以忘却
曾经在母亲怀中撒娇的欢乐，
但想要考上农业大学研究生，
搞种植养殖，在家乡创业，
却是你始终不能忘怀的梦。
当然，你最盼望母亲能够醒来，
相信会有奇迹发生。
为了心中的梦想，
你不畏艰难，勇敢前行；
为了人们的爱心和温暖，
你自强不息，奋力向前冲！

百善孝为先，
孝能感动天。
你的大孝至爱，
让中原感动，
让中国动情，
让天地动容！

不是吗？
母亲的天塌下来的时候，
是你冲上去为她支撑；
你的天塌下来的时候，
我，我们，
为你撑起一片爱的天空。

中原，冬季寒冷，
这个冬天却暖流涌动。
一个叫底慧敏的女孩，
就这样为母亲推开春天的窗户，
擦亮一片爱的晴空。
你，我，他，
就这样打开春天的大门，
擦亮一片爱的天空！

春风扑面，
爱如潮涌……

爷爷，奶奶

——写给王宽、王淑荣夫妇

世界上，教人育人最辛苦
王宽、王淑荣夫妇
却在年近花甲的时候
主动挑起了抚养六个孤儿的重担
加上患“渐冻症”不能自理的外孙
七个孩子，三间旧屋
该是多么沉重的分量
谁有勇气去掂一掂？

在省会郑州生活
七个孩子的家长
肯定是最忙最累的
为了孩子
身为豫剧表演艺术家的爷爷
到街头茶楼“卖唱”
只为多挣些钱
让几个弱小的生命
多一些光亮和温暖
为了孩子
他舍命奔波
不论白天黑夜
不顾酷暑严寒
精诚所至，感动上苍

把病危通知书一次次收回
他的命啊，和太多的生命密切相连

为了孩子
身为豫剧演员的奶奶
起早贪黑，默默无闻
洗衣做饭，嘘寒问暖
授课教戏，以身垂范
眼看孩子们一天天长高
一年年长大成人，参加工作
爷爷奶奶的心里
有苦更有甜

人生的舞台上，主角最难演
爷爷在台上一次次撑起独角戏
奶奶在家中一年年撑起半边天
他们用整个生命在表演
不是为了给人看
而是为了让人活
为了孩子们活得幸福
活得更有尊严
这戏，最难得，最值得
最感人，最好看
爷爷，奶奶
爷爷，奶奶
十七年啊
一场大戏
说不尽酸甜苦辣
道不尽人生悲欢
因为爱

因为慈悲
这场戏
感动多少人
感动地，感动天

春天的几个瞬间

在时光的长河中，
多少惊心动魄的事归于平淡，
却有一些看似平凡的瞬间，
春天般将我们的记忆温暖——
那是 2014 年 1 月 21 日早晨，
98 岁高龄的郑州医生胡佩兰，
像往常一样来到社区医院。
天黑了，坐诊一天的老人
对自己说："病人看完了，回家吧。"
当晚睡下，老人再也没有醒来。
她的一生，真的就像她期望的那样，
为社会、为患者全部奉献！
行医六十余载，她一直奉行
开药便宜有效、让穷人都看得起病的理念；
自己生活十分节俭，却经常大方地
替家境困难的病人垫钱。
她心系社会，以微薄的收入
捐建五十多个"希望书屋"。
她仁心妙手，大医精诚，
大爱无疆，慈心如兰！

那是 2013 年的一天，
年近七旬的新郑老人花书增，
把刚刚拿到的十多万元征迁补偿款，

全部用于还债，卸下了压在心里的负担。
17 年来，因为当初经营被骗，
欠乡亲们二十多万元货款，
他和家人辛苦打拼，节衣缩食，
蚂蚁啃骨头一样，一点点还钱。
有人同情地说："乡里乡亲的，大家都理解，你可以晚点还。"
他说："啥都可以晚，诚信却一点都不能晚。"
17 年寝食难安，饱经风霜，他累弯了腰板，
终于还清了债，堂堂正正，挺直了做人的脊梁。
"人无信不立，业无信不兴，国无信不强"。
信用，诚信，天地良心，千金不换！

38 年前，家住郑州二七区陇海大院的高新海高位截瘫，
父母相继去世，生活无法自理的他一筹莫展。
这时，邻居们纷纷伸出援助之手，
帮他洗澡，理发，操持家务，
轮流守候在病床前。
年夜饭到高家去吃，成了传统；
世界杯到高家去看，成了习惯。
老邻居走了，
新邻居接过爱心火把，
这份坚守和陪伴，38 年从未改变。
今生有你做邻居，是幸运，是善缘！
邻里互助，扶残助残，救危济困，
陇海大院精神树起了一座丰碑，
温暖人间，义薄云天！

啊，胡佩兰，花书增，陇海大院，
还有诚信"鸡蛋哥"任庆河，郑州交警杨华民，

中国好人赵桂荣，平民英雄李文斌，
“最美学警”李博亚，“一碗面温暖一座城”……
我们身边的好人和英雄啊，灿若星汉！
这一个个闪光的名字、动人的故事，
花开一样，定格了一个个美好的瞬间。
瞬间却是永恒，
这永恒的温暖，
吸引并鼓舞着我们——
向善，
向上，
向前！

志 愿 者

——为河南省青年志愿者而作

寒夜里生起一炉火，
大热天捧上一杯茶，
秋忙时添上一把力，
春风中开上一枝花。

不需要更多理由，
我的心已为你融化，
热情已经点燃，
这生命的火把！

当你需要帮助，
我就在你身边；
当你需要安慰，
我的心并不遥远。

不需要更多理由，
我的笑已为你开花，
热情已经点燃，
这爱的火把！

我是光荣的志愿者，
双手捧着爱的火把。
我们是光荣的志愿者，
高举生命美丽的火把！

母爱伟大

——写给全国道德模范赵小参

三十岁
本该是人生最好的年华
你的世界却顷刻间雷电交加——
公婆在五十多天内相继去世
留下五个未成年的孩子
几天后，弟弟妹妹住的老屋也轰然坍塌
从此，你和丈夫不仅要养活两个幼子
还要抚养弟弟妹妹
你一贫如洗，义无反顾
撑起风雨飘摇的家

为了全家九口人的生计
你毅然辞去心爱的民办教师工作
每天面朝黄土背朝天拼命干活
节衣缩食、不分昼夜辛勤劳作
当起了七个孩子的妈妈
苦干七年之后
你帮两个弟弟盖了新房办了喜事
也让两个妹妹风光体面地出嫁
你独自南下，拾荒挣钱，求情借款
让出儿子的宅基地，为小弟建房娶妻
却没能给两个儿子盖一间房，备一片瓦

刚要喘口气时
你被查出患了癌症
命运的巨浪似乎再次想把你击垮
你坚定地说,我不能死
我对父母没尽完孝
为养活弟弟妹妹欠的债还没还完
两个孩子还没成家
阎王爷不会要我的
祸不单行,二弟家突遭变故
你又毫不犹豫为两个侄子当起妈妈
宁可自己拖延治疗
也要让侄子上初中,读高中
大侄子如愿考上大学
是命运给你的又一份酬答

三十年
从年轻到衰老
因为承担了过多的重压
你的青春稍纵即逝,早生华发
三十年是怎么熬过来的
你不言语
沧桑的面容却给出了回答
你全然忘记自己,忘记病痛
你的心里只有爱,只有责任
而爱正是疾病与不幸的最怕

五年抗争
病魔最终离你而去
你奇迹般康复
也开启属于自己的幸福密码

弟弟妹妹尊称你为“嫂娘”
侄子们把你当成亲妈
两个儿子在都市成家立业
两个儿媳都对你孝敬有加
你荣登“中国好人榜”
被评为“天中最美母亲”
获得“全国道德模范”光荣称号
你孝老爱亲的美德名闻迩遐

面对荣誉，你平淡地说
我只是想着自己是大儿媳
是大嫂，又是大娘
要带好这个头。这没什么
是的，你本无所求
你很普通
普通得就像中原大地岁岁生长的庄稼
你很伟大
像太阳驱散黑夜，融化冰雪
滋养生命，催开百花

你让我想起三千多年前
西周那位名叫太任的女子
她亦生长于豫南平舆这片热土
以孝顺婆婆、善于教子流芳天下
想起你曾说过，我的父母特别孝敬老人
勤劳善良，他们对我影响很大
原来，善的大河是这样源远流长
爱的血脉是这样世代相传
啊！慈悲的母亲
母爱伟大

天鹅之城

伴着霜降来到这里
扇动起阵阵幸福的涟漪
能够越冬的地方一定最惬意

伴着立冬来到这里
每一片芦苇,每一丛香蒲那样熟悉
年年都要回来的地方一定珍藏着温馨的记忆

伴着小雪来到这里
白天鹅的羽翼比雪花白,比风细密
带着西伯利亚遥远而超凡脱俗的诗意

伴着大雪来到这里
天鹅的姿容那样优雅,那样美丽
一万只镜头捕捉不尽的神秘和旖旎

伴着冬至来到这里
嘹远的叫声带来新年的消息
没有什么比天鹅的祝福更吉祥如意

伴着小寒来到这里
宏伟的阵列大写着生命的真谛
普天之下,谁不渴望爱的忠贞不渝

大寒时节,我来湿地公园看你

可爱的天鹅，圣洁的精灵
映衬出一片宁静祥和的寥廓天地……

我知道，每天，每时，每刻
都有人在等待着你，呵护着你
保佑你免受危险的侵袭

在林边岸旁，在天鹅湖畔
在碧波荡漾的黄河库区
每一个三门峡人都牵挂着你，关注着你

这16万亩河湖岛屿、森林滩涂是属于你的
这是一座属于你的城市，这是一片属于你的领地
这就是你的家，你可以任意飞翔、起舞、嬉戏、游弋

人们是那样热爱你，敬重你——
放慢脚步，关闭闪光灯，压低嗓门
唯恐打扰了你，惊吓了你，伤害了你

瞧，志愿者和白天鹅保护队的队员们来了
手心攥着热腾腾的情，手掌捧着金灿灿的玉米
他们早已把你当作亲密的友人、家庭的一员、年幼的孩子

嗨，老朋友，小伙伴
还认识我吗？我记得你
欢迎回家，很高兴咱们又一次相聚

你是美的使者，我是善的天使
我们拥有一个共同的家园——三门峡
天人合一，万物清明，平安和谐，风鹏正举

大爱无疆

春天的花朵，
轻轻地，打开每一扇紧闭的心窗；
夏季的微风，
柔柔地，抚平每一丝焦虑和忧伤；
秋天的月亮，
默默地，安慰每一个孤寂的灵魂；
冬日的阳光，
暖暖地，触摸每一张冰冷的脸庞。
星空，为每一双渴望的眼
铺开壮丽的画卷；
大地，为每一双勤劳的手
备好饱满的粮仓。
天地大爱，
孕化万物，一视同仁；
天地无私，
哺育生灵，不求报偿。
天地大爱，
大爱无疆，
天地是我师，
天地是爹娘！

如果我向陌生人递上微笑，
我们就同时拥有了春的芬芳；
如果我向苦恼人奉上真诚，

我们就同时享有夏日的清凉；
如果我向贫困者伸出双手，
我们就同时拥有秋之甘甜；
如果我向老弱病残者敞开胸怀，
我们就同时拥有了温暖和善良！

春种一粒粟，
秋收万担粮！
种下一粒种子吧，
种下一缕微笑，
一声问候，
一片关怀，
一份向往；
种下一掬同情，
一腔热血，
一捧慈悲，
一段柔肠！

一粒善的种子，
会举起感恩的手臂，
把绿叶献给大地，
把花朵献给河流，
把果实献给所有的人，
向苍天献上最动情的歌唱！
一粒爱的种子，
会绽放最美丽的笑容，
让贫弱者感到安慰，
让冷漠者感到羞惭，
让作恶者蓦然心惊，
让良善者感到荣光！

一粒种子，
就是一支火苗，
能够点燃千千万万支火把；
一粒种子，
就是一颗太阳，
能够播撒铺天盖地的阳光；
一粒种子，
就是一个宇宙啊，
蓬勃生命永恒的动力，
彰显人心无穷的能量！
种下一粒种子，
播下一个梦想；
种下千万颗种子，
播种千万个希望！
爱与善的种子，
生生不息，代代相传，
古老而充满生机的华夏大地啊，
必将永远闪烁文明与人性的光芒！